お飾り王妃になったので、こっそり働きに出ることにしました

～うさぎ《ペット》がいるので独り寝も寂しくありません！～

富樫聖夜

B's-LOG BUNKO
ビーズログ文庫

イラスト／まち

Contents

人物紹介
Character
ジークハルト
ルベイラ国王。
ロイスリーネ曰く「寒々しい色彩」の美丈夫。
とある秘密をかかえているようで……!?
うーちゃん
ロイスリーネの寝床に毎晩やってくるうさぎ。
ロイスリーネ
ロウワン国第二王女。
政略結婚でお飾り王妃に。ひょんな偶然から、昼はウェイトレスをやっている。

『緑葉亭』の常連客で、ルベイラ軍第八部隊に所属する軍人。リーネを何かと気にかけてくれる。

ロイスリーネの変装した姿。王都のはずれにある『緑葉亭』の看板娘。

ジークハルトの幼馴染（というかお目付け役）で宰相。ロイスリーネにジークハルトとの結婚を持ちかけた人物。

ロイスリーネがロウワンから連れてきた侍女。リーネが抜け出すのを心配しながらも見守ってくれる心強い味方。

『緑葉亭』の肝っ玉女将。偶然出会ったロイスリーネを臨時バイトとして雇ってくれる。

ジークハルトの乳兄弟で現在は従者。一見お調子者で人当たりがよさそうに見えるが、実は毒舌。

プロローグ　緑葉亭のウェイトレス

大陸有数の強国であるルベイラ。そのルベイラ国の王都の外れに一軒《けん》の食堂があった。

その食堂『緑葉亭《りょくようてい》』は東の城壁《じょうへき》に近く、繁華街《はんかがい》から離《はな》れているものの、手ごろな値段と美味《おい》しい料理が食べられるとあって繁盛《はんじょう》している。

夜にはお酒も提供するが、昼間のこの時間、客の目当てはほとんどが定食だ。

「リーネちゃん、こっち日替《ひが》わり定食を三つ頼《たの》む」

「リーネ、これを三番のテーブルに持って行っておくれ」

「リーネちゃん、会計よろしく」

「はーい、今行きます～」

満席の店内でエプロン姿の少女がせわしなく動き回っている。あちこちから声がかかっているが彼女《かのじょ》の動きに焦《あせ》りはない。

「はい、日替わり定食三つですね。しばらくお待ちください」

「アドルさん、お待たせしました。〝絶対美味《おい》しい煮《に》つけ定食〟できあがりましたよ」

「五番テーブルのお客さん、お待たせしました。二人分のお会計ですね。五ギルになります」

少女は笑顔《えがお》でテキパキとお客をさばいていった。その様子を食べ終わった常連客たちが笑顔で見守っている。

「リーネちゃんは働き者だな」

「だな。格好《かっこう》は地味だがいつもニコニコ応対してくれるんだよね。よく見ると可愛《かわい》らしい顔だちだし、本当、リーネちゃんが緑葉亭に来てくれてよかった」

少女の名前はリーネ。歳《とし》は十八。半年前に出稼《でかせ》ぎのために小国ロウワンからこの国の王都に移り住み、二ヶ月前から昼の忙《いそが》しい時間だけ『緑葉亭』で給仕係《ウェイトレス》として働いている。

顔の半分を覆《おお》う丸い眼鏡《めがね》をかけ、黒髪《くろかみ》を二つのおさげに結《ゆ》ったリーネは、年頃《としごろ》のわりには地味な外見だ。そのため、最初の頃《ころ》こそ田舎《いなか》娘《むすめ》丸出しだと揶揄《やゆ》されたものだが、いつも明るく笑顔で働く姿に、今では彼女を笑う者はいなくなった。

「もうリーネちゃんがいない『緑葉亭』は考えられんな」

「そうそう。リーネちゃんが来るまではおっかない女将《おかみ》が給仕係で……」

「お、おい、めったなことを言うなよ。女将は地獄耳《じごくみみ》だぞ」

常連客の一人は焦ったように向かいに座《すわ》る男を諌《いさ》めると、恐《おそ》る恐《おそ》る厨房《ちゆうぼう》の入り口に視線を向ける。すると、そこに立つ少々ふくよかな体格の中年女性が彼《かれ》らをじろりと睨《にら》んでいた。

狭《せま》い店内だ。おそらく彼らの話が聞こえていたのだろう。

彼女は『緑葉亭』の女将リグイラ。情に厚く、面倒見《めんどうみ》のいい性格で慕《した》われているが、その反面少し口が悪く、怒《おこ》らせると怖《こわ》いのだ。

「ヤバい」

常連客たちは慌《あわ》てて視線を逸《そ》らすと立ち上がった。

「リ、リーネちゃん、俺《おれ》ら帰るわ」

「二人分の代金、ここに置いておくからっ」

彼らのやり取りを目にしていたリーネは内心くすっと笑いながら朗《ほが》らかに答えた。

「ありがとうございました。マイクさん、ゲールさん、またいらしてくださいね」

「お、おう、またな」

「ごちそう様！」

そそくさと店の出入り口に向かう彼らの背中にするどい視線を向けていたリグイラだったが、二人と入《い》れ替《か》わるように店に入ってきた別の常連客の姿を見ると、さっと表情を切り替えた。

「いらっしゃい。席は空《あ》いているよ」

リーネも今しがた出ていった客の食器を片づけながら新しい客に笑顔を向ける。

「いらっしゃいませ、カインさん。今すぐ片づけますから、この席にどうぞ」

「ありがとう、リーネ。今日は日替わり定食を頼むよ」

「はい！　少々お待ちください」

リーネは食器を下げながら、厨房の奥《おく》にいる料理人に声をかける。

「キーツさん、日替わり一つお願いします」

「あいよ」

厨房の奥から男性の声がした。『緑葉亭』の料理を一手に引き受けている料理人のキーツだ。

キーツは厨房からほとんど顔を出さないため、常連客にすら幻《まぼろし》の妖精扱《ようせいあつか》いされているが、リーネは彼が小柄《こがら》でおっとりした性格の中年男性だということを知っている。

驚《おどろ》くことにこの外見も性格もまったく異なるキーツとリグイラは夫婦《ふうふ》だという。

――これほど凸凹《でこぼこ》の激しい夫婦も珍《めずら》しいわ。でも正反対だからこそ、お互《たが》いの足りないところを補い合えるのね。素敵《すてき》だわ。

夫婦の理想の姿の一つだとリーネは思っている。

――それに比べて、私は……。

「リーネ、日替わり定食できたよ。持って行っておくれ」

仕事以外に向きかけたリーネの思考を、リグイラの声が引《ひ》き戻《もど》す。リーネは数回瞬《まばた》きをして気持ちを切り替えると、明るく答えた。

「はい。ただいま！」

……それから三時間後、昼の混雑時《ピーク》が過ぎた店内はすっかり落ち着きを取り戻し、数組の客がいるだけになった。

リグイラは店の表に休憩中の札をかけると、テーブルを拭《ふ》いているリーネに声をかけた。

「今日はもういいだろう。ごくろうさん、リーネ。まかない食べたらあがっておくれ」

「はーい！」

リーネはキーツが用意したまかない用のお昼を手に、店の一番端《はし》の席に向かった。

お盆《ぼん》の上には今日の日替わり定食の残りであるホロホロ鳥のソテーと、何時間もかけて野菜を煮込んだスープとパンが乗っている。

――ああ、至福の時……！

温かなスープを口にしながら、リーネはうっとりとした。

――キーツさんの料理は最高だわ。王宮の一流料理人が作る料理にだって劣《おと》らない。何より温かいまま食べられるのがいい!!

今リーネが住んでいる場所では、食事はすっかり冷めた状態で届けられる。何人もの毒見を経ているせいなのは分かっているが、冷めた料理など美味しく感じられるはずがない。

――ああ、幸せ。このホロホロ鳥も柔《やわ》らかくて美味しい。

リーネは作り笑いでなく本物の笑顔を浮《う》かべて目の前のソテーを味わう。その時、店内に残っている客の話し声が耳に飛び込んできた。

「少し前に国王陛下《へいか》、外から王妃《おうひ》を迎《むか》えたじゃないか」

リーネは手を止めて会話の主《ぬし》たちの方を見る。常連客ではなく、今日初めて店に入ったという二人連れの客だった。

──確か商人だって言ってたわね……。

注文を取る間少し世間話をしたが、二人とも取引先に荷物を届けに行く途中だと言っていた。

「ああ、なんかロウワン国とかいう聞いたことのない小国の王女様が嫁《とつ》いでこられたんだよな」

もう一人の商人の言葉にリーネはムッと口を引き結んだ。

──聞いたこともないような小国で悪かったわね！　領土は小さいけどロウワン国はルベイラと並ぶくらい歴史のある国なんですからね！

そう言ってやりたいのはやまやまだが、客相手にそんな口を利《き》くわけにはいかない。リーネは少しむしゃくしゃした気分になりながらも、スープを口に運ぶ。

その間も商人二人の会話は続いていく。

「おう。あの時はご成婚《せいこん》パレードがあって新しい王妃様を一目見ようと地方から人がたくさん王都に集まってきていたな。おかげ様でたんまり儲《もう》けさせてもらったんだが……」

ここで急に、商人の一人が声を落とした。

「その王妃様なんだがよ。最近ちっとも話題がないだろう？」

「そうだな。ご懐妊《かいにん》の知らせでもあれば、また稼《かせ》ぐことができるから心待ちにしているけど、そういった噂もないようだしな」

「友達が王宮の警備兵をしているんだが、王妃様、どうやら引きこもっているらしいぜ」

――ええ？

リーネは驚いて眼鏡の奥の緑色の目を見開いた。

「陛下のいる宮殿《きゆうでん》を出て同じ敷地内にある離宮《りきゆう》に引《ひ》っ越《こ》されて、公務《こうむ》以外はまったく姿を現わさないんだと。その友人も一度も王妃のお顔を拝見したことはないそうだ。夜会にも姿を見せてもすぐに帰られてしまうし、高位貴族の夫人を招いてのお茶会やサロンなんかも開かないらしい」

「なんとまぁ……どうして陛下はそのような引きこもりの王女を王妃に迎え入れたんだろうか」

問われた商人は肩《かた》をすくめた。

「さぁな。お偉《えら》いさんたちの考えていることは俺たち平民には理解できないぜ」

会話を聞きながらリーネはぐっと奥歯《おくば》を噛《か》みしめていた。

――引きこもりじゃないわ！　離宮に軟禁《なんきん》されているのよ！　その国王陛下本人にね！

心の中でわめきたてる。立っていたらきっと地団駄《じだんだ》を踏《ふ》んでいただろう。

いくら割り切っていても、ロウワン国から嫁いだ王妃を悪く言われれば文句《もんく》の一つも言いたくなる。

――たいそうな警備を付けられて、公務以外は身の安全を理由に離宮の外に出してもらえないのよ、王妃はね！

ロウワン国からルベイラ国に輿入《こしい》れしてきたロイスリーネ王妃は籠《かご》の鳥だ。離宮に押《お》し込められ、夜の渡《わた》りもなく、ただ公式行事の時に国王の隣《となり》で座っているだけのお飾《かざ》りの王妃――。

それが王妃の真実だ。誰《だれ》よりもリーネはそれを知っていた。

なぜリーネがそんなことを知っているかと言えば、実に簡単な理由だ。

つまり、下町の小さな食堂『緑葉亭』で働くウェイトレスのリーネこそ、この強大なルベイラ国の王に嫁いできた王妃その人だからである。

第一章　引きこもり改めお飾り王妃の結婚事情

リーネことロイスリーネは大陸の東部に位置する小国ロウワンの第二王女だ。半年前にルベイラ国王ジークハルトに嫁《とつ》いできた。

もちろん、正式な王妃《おうひ》である。

大国の王妃となったロイスリーネがなぜ『緑葉亭《りょくようてい》』でウェイトレスなどをしているのか。それは二人が結婚する前にさかのぼる。

ロイスリーネの祖国ロウワンは、領土が狭《せま》く、人口も少なければ特産もない弱小国だ。各国の王侯《おうこう》貴族やごく一部の特殊《とくしゅ》な人たちの間では有名だったが、一般《いっぱん》の平民たちには無名もいいところで、商人たちが聞いたこともない国だと言ったのも無理はなかった。

その弱小国であるロウワンの第二王女ロイスリーネ宛《あて》に、強国ルベイラから縁談《えんだん》が舞い込んだのは今から三年ほど前のことだ。

西の大国ルベイラとロウワンは友好関係にあるものの、国同士の距離《きょり》が遠く離《はな》れていることもあって交流は少なかった。それなのに、いきなりロイスリーネをルベイラ国の王妃として迎《むか》えたいという話が持ち込まれたのだ。当然城中が大騒《おおさわ》ぎになった。

——なぜルベイラ国の国王が私を？

重臣《じゅうしん》たちは強国と繋《つな》がりができるということで大喜びだったが、当のロイスリーネはこの縁談に非常に懐疑的《かいぎてき》だった。

何しろ強国がこんな小国の王女を娶《めと》る利点はない。『豊穣《ほうじょう》』の祝福《ギフト》を持っている姉王女のリンダローネが相手ならばまだ分かるが、ロイスリーネはギフトも持たず、魔法《まほう》も使いこなせない「期待外れ」の王女だ。

『本当に私なのですか？』

ルベイラ国王ジークハルトの使者としてロウワン国を訪《おとず》れた、当時宰相補佐《さいしょうほさ》だったカーティス——今現在は宰相——に何度も尋《たず》ねて確認《かくにん》してしまったのは、無理からぬことだった。

『もちろん。ジークハルト陛下《へいか》が望んでおられるのはロイスリーネ殿下《でんか》です』

無駄《むだ》にキラキラな美貌《びぼう》を持つカーティスの言葉を信じたわけではなかったが、ロイスリーネは縁談を受け入れた。

どのみち強国からの申し出を断る術《すべ》もなかったが、ロイスリーネは自《みずか》ら受け入れるという選択《せんたく》をしたと思っている。

——何か裏がありそうだけど、この結婚はロウワンにとっては利点だらけだもの。利用しない手はないじゃない？

数百年ほど戦争もなく、ロウワン国内は平和そのものだが、脅威《きょうい》がまったくないわけではなかった。周辺国にいくつか政情不安な国もあるし、ロウワン国の唯一《ゆいいつ》の特産……いや特殊性を我《わ》が物にしたいと狙《ねら》う国も実は多い。

強国ルベイラにロイスリーネが嫁げば、それらの国々への大きな牽制《けんせい》になるだろう。

ロイスリーネはそう考えてこの婚姻《こんいん》を承諾《しょうだく》した。十五歳《さい》になったばかりの頃《ころ》のことだ。

それからの二年半は、王妃教育やら嫁入《よめい》り支度《じたく》やらであっという間に過ぎていった。その間、婚約者《こんやくしゃ》であるジークハルトからは豪華《ごうか》な装飾品《そうしょくひん》や手紙が送られてきたりしていたが、彼自身《かれじしん》がロウワンを訪れてロイスリーネと顔を合わせることはなかった。

ジークハルトも王太子《おうたいし》時代と違い、ルベイラを離れて遠い異国へ行くことはできないのだろう……とロイスリーネは呑気《のんき》に考えていたのだが、実際には違《ちが》っていたようだ。

「そりゃあ、そうよね。名前だけの王妃にするつもりの相手にわざわざ会いにはこないわ。可愛《かわい》くて、愛《いと》しい恋人《こいびと》が傍《そば》にいるんだもの」

ランタンを手に慣れた様子で地下道を歩きながら、ロイスリーネはひとりごちる。

何か裏がありそうだというロイスリーネの勘《かん》は当たっていた。それが分かったのは、輿《こし》入《い》れのためにロウワン国を離れてルベイラに向かう道中のことだ。

泊《と》まっていた宿でロイスリーネが夜風に当たろうとバルコニーに出た時、庭で警備をしているルベイラ側の兵士たちが話しているのを聞いてしまったのだ。

『陛下は、ミレイ様のことはどうするおつもりだろうか？』

『そのままガーネット宮に囲うんだろうさ。まもなく王妃を迎えるというのに、未《いま》だに毎晩ミレイ様のところに通ってるって話だぜ？　陛下はミレイ様を手放す気なんてないさ』

『王妃になるロウワンの王女様、可哀想《かわいそう》だな……』

『まぁ、王族の結婚なんてそんなものだ』

どうやら夫となるジークハルトにはすでに恋人がいたようだ。

ショックではないと言ったら嘘《うそ》になるが、同時にすべてが収まるべきところにストーンと落ちた気がして納得《なっとく》できた。できてしまった。

やはり得にもならない弱小国の王女を王妃に選んだのには理由があったのだ。

それからの道中、ルベイラ側の兵士や侍女《じじょ》や女官《にょかん》たちの話を注意深く聞いているうちに、おおよその事情を把握《はあく》した。

ジークハルトには王太子《おうたいし》時代から恋人がいたのだ。それも平民の。

お忍《しの》びで訪れた王都でミレイという女性を見初《みそ》めたジークハルトは、彼女《かのじょ》を懇意《こんい》にしている貴族の養女にして王太子妃に迎えようとした。

けれど、いくら貴族の養女になり身分を得たとしても所詮《しょせん》は平民。階級は低くとも貴族だったならともかく、王族はとにかく血統が重要だ。将来の国王に平民の血が混じっては困ると家族や重臣たちに大反対され、ミレイを王太子妃にすることは断念せざるを得なかったようだ。

結局ジークハルトは恋人――と言えば聞こえはいいが、要するに妾《めかけ》としてミレイを王宮内の離宮《りきゅう》に囲うようになった。

――でも国王がいつまでも独り身でいるわけにはいかない。どうしたって王妃が必要だわよね。でも陛下としては、なまじ国内の有力貴族の令嬢《れいじょう》を王妃として迎えるわけにはいかなかった。ミレイ様の安全のために。

そこでジークハルトと彼の側近たちは弱小国の王女を王妃に据《す》えることにしたのだ。つまり、ロイスリーネを。

「考えたわよね。一応王女なのだから血統に問題ないし、王宮内で権力を握《にぎ》れるほど国力のない国だから、謀《はかりごと》の心配もないうえに、結婚前から愛人を囲っていても文句《もんく》は言わないだろうと踏《ふ》んだのね。ええ、そうよ、その通りよ。文句など言いませんとも。ロウワンに益がある限りは」

歩きながらロイスリーネはぶつぶつと呟《つぶや》く。

「お飾り王妃で結構だわ。公務は必要最低限でいいし、気が楽だもの」

ミレイの存在とジークハルトの真意を知ったロイスリーネは、さっさと割り切ることにした。国の規模が違いすぎる政略《せいりやく》結婚などこんなものだと。むしろ名ばかりの王妃となってジークハルトとミレイの盾《たて》になってやろうじゃないかと。

そう気持ちを切《き》り替《か》えたせいだろうか。ルベイラ国の王宮に到着《とうちゃく》してジークハルトが自ら出迎えに現われた時も、冷静に彼を見ることができた。

『久しぶりだね、ロイスリーネ王女。遠路はるばるようこそ、我々はあなたを心より歓迎《かんげい》する』

婚約してから一度も顔を合わせてはいないものの、二人は初対面というわけではない。六年ほど前、まだジークハルトが王太子だった頃、東方諸国を外遊していた彼はロウワン国に立ち寄ったことがあり、その時に顔を合わせていた。

『出迎えていただいて、ありがとうございます。ジークハルト陛下。お久しぶりでございます』

婚約が決まってから必死で覚えたルベイラ式の淑女《カーテシー》の礼を完璧《かんぺき》な形で披露《ひろう》しながら、ロイスリーネはジークハルトをちらりと見上げた。

——相変わらず美形だわ。

ジークハルトは今現在二十二歳。冴《さ》えた月の光のような銀色の髪《かみ》に、青と灰色が混じった不思議な色合いの瞳《ひとみ》を持つ美丈夫《びじょうふ》だ。顔だちは端正《たんせい》というより美しいと表現した方がいいだろう。

涼《すず》やかな目元に、高い鼻梁《びりょう》。左右対称《たいしょう》に配置された顔のパーツはまるで計算された彫《ちょう》像《ぞう》のようで、完璧な位置に収まっている。

背は高く、体つきはしなやかだ。中性的な美貌ながら、決して女性には見えない力強さがある。

道中聞いたところによると、ジークハルトは自分にも他人にも厳しい王だが、公明正大《こうめいせいだい》で国民にも部下たちにも慕《した》われている善《よ》き王だという。

その話が嘘でないことは、遠い国からやってきた見知らぬ王女ロイスリーネを出迎えるために彼の周辺に集まった王宮の人たちの様子からも窺《うかが》える。

そしてジークハルトは集まった皆《みな》の前でロイスリーネを歓待《かんたい》することで、自分が望んで迎えた王妃だと示しているのだろう。

——お優《やさ》しいことで。

もし何も知らなかったら、ロイスリーネはきっとこの場で夫となる男性に恋《こい》をしていたかもしれない。

けれど、あいにくと目の前にいる男はロイスリーネを利用する気満々なのだ。恋などするはずがない。

ロイスリーネはにっこりとよそいきの笑顔《えがお》を向けてジークハルトに言った。

『どうか末永くよろしくお願いいたします、陛下』

その後、ジークハルトと落ち着いて個人的な話をする暇《ひま》はなかった。次々と訪れるルベイラ国の重臣たちと挨拶《あいさつ》を交《か》わし、三日後に行われる結婚式《けっこんしき》とパレードの準備を整えるので忙《いそが》しかったからだ。

結局、ジークハルトと再び話す機会を得たのは、結婚式もパレードも終わった後。諸外国からやってきた賓客《ひんかく》を招いての宮中晩餐会《ばんさんかい》が始まる前のほんの短い休憩《きゅうけい》時間のことだった。

宰相のカーティスと従者《じゅうしゃ》のエイベルを伴《ともな》ってやってきたジークハルトの表情は、どこか少し強張《こわば》っているようにも見えた。

『ロイスリーネ。少し話があるんだ。本当はもっと前に説明しなければいけなかったことだが……』

そのいつにない緊張《きんちょう》したような声音《こわね》に、ロイスリーネはピンときた。きっとジークハルトが話したい内容とは恋人のミレイのことに違いない。

婚約していた二年半もの間、ジークハルトの恋人の話が一切《いっさい》耳に入ってこなかったのは、ルベイラ側がその情報をひた隠《かく》しにしていたからだろう。

──式も挙げたことだし、もう隠さなくてもよくなったというわけね。そういうことなら手間を省《はぶ》いて差し上げなければ。

ロイスリーネはにっこりと笑った。

『まぁ、陛下。ミレイ様のことなら、説明しなくとも大丈夫《だいじょうぶ》ですわ』

『……え？』

ジークハルトだけではなく、宰相も従者もポカンと口を開けた。控《ひか》え室《しつ》には女官長《にょかんちょう》もいたが、彼女も唖然《あぜん》としたようにロイスリーネを見ている。

きっとロイスリーネがミレイの存在を知っていたことに驚《おどろ》いているのだろう。

『お二人のことを応援《おうえん》しておりますのよ。私のことはお気になさらないでくださいませ。私と陛下は政略結婚ですもの。よくあることだと割り切っておりますから。安心してミレイ様との愛を育《はぐく》んでくださいませ』

言いながらジークハルトの表情が驚愕《きょうがく》から苦虫を噛《か》み潰《つぶ》したような顔に変化していくのを見て、ロイスリーネは内心で首を傾《かし》げる。

――どうなさったのかしら？　隠していたことがバレていたのが苦々しいのかしら？

『うわぁ、自業自得《じごうじとく》とはいえ、これはキツイ……』

従者が小さな声で呟くのが聞こえてきたが、もしかしたら気のせいだったのかもしれない。

結局、ジークハルトはその後何も言わずに控え室から出て行ってしまった。

そしてその日、初夜を迎えるはずだった寝所《しんじょ》にジークハルトがやってくることはなく、ロイスリーネは一人で過ごした。

――そりゃあ、私のことは気にするなと言ったし、応援するとも言ったわよ？　でも少しは配慮《はいりょ》してほしかったわ。

夫はどうやら初夜にもかかわらず、ミレイのいる離宮に行ってしまったらしい。ルベイラ側の侍女たちの申し訳なさそうな顔を見て、ロイスリーネはため息をついた。

――これは白い結婚《偽装結婚》になるのは確実ね。

予想は外れなかった。次の日の夜も、そのまた次の日の夜も、ジークハルトがロイスリーネの元へやってくることはなかった。結婚して半年たった今も。

「別に寂《さび》しくなんてないのだけれどね。陛下なんかいなくても、共寝《ともね》をしてくれる相手はいるのだから」

そうひとりごちながらも、地下道を進むロイスリーネの足取りは重かった。

内情を知らないルベイラの国民たちはロイスリーネがジークハルトの世継《よつ》ぎを産むことを期待しているだろう。きっとロウワン国でも心待ちにしている。

でも皆が待ち望んでいる「おめでた」なんて永遠に来るわけないのだ。

――ロイスリーネ《わたし》は名ばかりの王妃なのだから。

「お帰りなさいませ、リーネ様。ご無事で何よりです」

長い地下道を抜《ぬ》け、こっそり離宮の自室に戻《もど》ったロイスリーネを侍女のエマが迎えた。

「ただいま、エマ。何もなかった？」

「はい、大丈夫です。王妃様は読書をするので邪魔《じゃま》しないでほしいと言ったら、誰《だれ》も来ませんでしたから」

「そう、よかった。いつもありがとうね、エマ」

礼を言うと、ロイスリーネは豪奢《ごうしゃ》な猫足《ねこあし》のソファに座《すわ》っている女性の元へ向かった。

ロイスリーネが近づいても微動《びどう》だにせず、手にした本に視線を落としている女性は、ゆるやかに波打つ艶《つや》やかな黒髪《くろかみ》と、若草色の大きな目をしていた。淡《あわ》いピンク色の高価なドレスを身にまとい、美しい宝石で飾られた姿はそれなりに美人で、それなりに気品があり、一国の王妃として恥《は》ずかしくない容姿をしている。

彼女こそ強国ルベイラ、ジークハルト王の妃だ。ただし、偽物《にせもの》の。

「お疲《つか》れ様《さま》、ジェシー」

女性の肩《かた》にロイスリーネは手を置いた次の瞬間《しゅんかん》、ポンッと小さな音を立てて王妃の姿が掻《か》き消え、ソファの上にはピンク色のドレスを着た黒髪の人形が置かれていた。

それを確認したロイスリーネは眼鏡《めがね》を外し、おさげに結《ゆ》った髪の毛を解《ほど》く。するとそこには先ほど消えた王妃と寸分たがわぬ姿の女性が立っていた。

「いつもながらすごいわね、エマの魔法は」

ソファから人形を抱《だ》き上げて頬《ほお》ずりしながら称賛《しょうさん》すると、エマはほんのり頬を赤く染めた。

「いえ、たいした術ではありません。自己流ですし。もっと力のある魔法使いなら、ジェシー人形を動かせたり、受け答えさせることもできますのに。私ができるのはせいぜい、姿を似せるくらいです」

「それでも魔法がからっきし使えない私にしてみたら、とてもすごいことだわ。エマが身代わりを作ってくれるからこそ、私は安心して『緑葉亭』に行けるんだから」

そう、先ほどまでソファに座っていたロイスリーネのそっくりさんは、エマの魔法。エマはロイスリーネが留守《るす》の間、彼女の不在が知られないようにジェシー人形を大きくして、ちゃんと王妃が部屋にいるように見せかけてくれているのだ。

エマはロイスリーネがロウワン国から連れてきた唯一の侍女だ。もっと多くの侍女を伴《ともな》ってもよかったが、家族と離れて遠いルベイラ国に連れていくのも気の毒なので、エマ一人だけを連れていくことにしたのだった。

四歳年上のエマは、ロイスリーネにとってはもう一人の姉のようなものだ。幼い頃に孤《こ》児院《じいん》から城に引き取られて以来、ロイスリーネ専属の侍女としていつも一緒《いっしょ》にいる。ロイスリーネがルベイラ国に輿入れする際も当然のように侍女としてついてきたのだ。

『幸い私に両親はおりませんから。どこまでもリーネ様にお供いたします』

その言葉を聞いて嬉《うれ》しくなるのと同時に、ルベイラでエマにお似合いの男性が見つかるといいなと思っている。

——そんな余裕《よゆう》なんてちっともなかったけれど。

この半年の間に起こった出来事が脳裏《のうり》に浮《う》かび、ロイスリーネは内心ため息をついた。

これでも結婚して最初の一ヶ月は、ジークハルトが居住する本宮《ほんぐう》と呼ばれる宮殿《きゆうでん》で過ごしていたのだ。王妃の部屋で、ジークハルトが用意した大勢の侍女や女官に囲まれて。

ところがある日突然《とつぜん》、ロイスリーネはエマともどもこの離宮に移された。

理由を問えば、『王妃の身の安全のためだ』と言う。その言葉を証明するかのように、すぐさまこの離宮の内外には厳重な警備が敷《し》かれた。

でもロイスリーネにしてみれば、これは外からの侵入《しんにゆう》を防ぐためのものではなく、中にいる人間——つまり王妃を外に逃《に》がさないためのものだとしか思えなかった。

現にロイスリーネは公務以外の理由で離宮から出ることはできないし、会いにくる人間も厳選されているようだ。

拒否《きよひ》しても仕方ないので従っているが、この扱《あつか》いにはいくら呑気《のんき》なロイスリーネも納得できないでいる。

——陛下の大事なミレイ様に私が危害を加えるとでも思われたのかしら？　心外だわ。王妃としての務めはきちんと果たしているし、あれほどお二人の味方だとお伝えしたのに。

それともあまりに主張しすぎたため、逆に疑われたのかもしれない。最近のジークハルトはロイスリーネがミレイのことを口にするだけで、不快そうに顔をしかめるのだ。

——でもそのわりには、捨て置かれているわけでも冷遇《れいぐう》されているわけでもないのよね。

ロイスリーネが今いる建物は、数代前の国王が自分の母親である王太后《おうたいごう》のために建てた宮殿だ。規模はさほど大きくないが、王族が住むように整えられただけあって、装飾品や調度品も一級品で、外見や内装は豪奢《ごうしゃ》で美しい建物だ。

半《なか》ば軟禁《なんきん》状態とはいえ、ロイスリーネはこの美しい離宮で使用人たちにかしずかれながら、十分贅沢《ぜいたく》な暮らしをしている。ドレスも宝石も頻繁《ひんぱん》に届けられるし、何かが欲しいと言えば、すぐに用意してもらえる。

もし本当にジークハルトが冷遇するつもりなら、もっとみすぼらしい宮に入れられてもおかしくないのに。

これも祖国《ロウワン》への配慮なのか、もしくは大国のプライドなのか。

判断はつかなかったが、ロイスリーネにとってはどちらも変わらない。豪華で贅沢が許されているとはいえ、自分が軟禁状態にあることに変わりはないからだ。

「あの時地下道を見つけて、城下町に下りられるようになっていなければ、きっと私は今《いま》頃退屈《ごろたいくつ》でヒステリーを起こしていたかもしれないわ」

ソファに腰《こし》を下ろし、ジェシー人形を抱《かか》えながらしみじみとした口調でロイスリーネは呟いた。

ロイスリーネの寝室《しんしつ》にある鏡は地下道に通じる扉《とびら》となっている。おそらく非常脱出用《だっしゅつよう》の出入り口なのだろう。地下にある長い坑道《こうどう》に続いていて、何かあった時はそこから王宮外へ脱出できるようになっている。

王族が住む宮殿や城にはよくあることだ。ロウワン国の城にも同じような脱出口があり、普段《ふだん》は魔法で封印《ふういん》されている。

鏡に見せかけた隠し扉と地下道を見つけたのはほんの偶然《ぐうぜん》だった。それもロイスリーネの小さな友だちのおかげだ。

もっとも、数ヶ月前までのロイスリーネだったら、地下道の存在を知っても使おうとはしなかっただろう。まがりなりにも王妃なのだから、冒険《ぼうけん》などできはしないと。

けれど、軟禁生活が二ヶ月も続いて鬱屈《うっくつ》した生活を送っていたロイスリーネにとって、地下道の発見はわずかに見えた希望のように感じた。

「祖国にいた頃はよくお兄様やお姉様と一緒に街に出たものだわ。ルベイラでは無理だと思っていたけど、念のためにお忍び用のワンピースを持ってきておいてよかったわね」

「私はまさかこれが使われることがあるなんて思ってもみませんでしたわ」

エマは大きなため息をついた。

普通《ふつう》なら一国の王女が気軽に街に出るなど許されることではないが、ロウワン国に限っては違う。

何しろ国の頂点に立つ王妃が率先《そっせん》して街に下りてしまうのだ。父である国王もお忍びで街に出た際に母親を見初《みそ》めたこともあって、王子や王女たちのお忍びを誰も止めることはできなかった。

護衛騎士《きし》は大変だったかもしれないが、国民の生活を自分の目で確かめることができたし、結果的にその経験が今になって非常に役に立っている。

「給仕の経験がこんなところで活《い》きるとは思わなかったわ。お母様に感謝しなくては」

冗談《じょうだん》半分でロウワン国がある方向に感謝の祈《いの》りを捧《ささ》げると、エマが呆《あき》れたように言った。

「リーネ様、普通は一国の王女様が給仕などすることはありませんからね？　ロウワン国の王族の方々が変わっているだけですから、そこのところを間違《まちが》わないでください」

「もちろん、うちの国が変わっていることは分かってるわ。何しろ祝福《ギフト》持ちの魔女《まじょ》とはいえ、平民で、しかも街の食堂のウェイトレスだったお母様を王妃として仰《あお》いでいる国だもの。普通じゃないでしょう」

ロイスリーネは朗《ほが》らかな声で笑った。

祖国であるロウワンは、領土も小さく、たいして産業もない国だ。けれど、ある一点だけ他国に長じている部分があった。

それが、「魔法使い」や「聖女」、そして「魔女」を多く輩出《はいしゅつ》している点だ。

魔法は呪文《じゅもん》一つで火を操《あやつ》ったり、あるいは雷《かみなり》を呼んで攻撃《こうげき》したりできる特殊な力だ。それを操る魔法使いたちはどの国でも重宝《ちょうほう》されている。魔法陣《じん》を用いて結界を張ったり、遠くに一瞬《いっしゅん》で移動したりできるからだ。

そのため、今では魔法使いを数多く擁《よう》することができるかで国力が決まるとまで言われている。

ただし、魔法は努力すれば誰でも使えるようになるわけではない。魔法を使うには生まれ持った魔力《まりょく》が必要だし、たとえ魔力があったとしても魔法を使いこなせない場合も多い。だからこそ、より一層魔法使いたちは貴重なのだ。

だが、この世界には貴重な魔法使いよりさらに貴重な──いや、稀有《けう》な力を持つ者が存在する。それが『祝福《ギフト》』と呼ばれる特殊な能力を持った女性たちだ。

ギフトは神からの贈《おく》り物《もの》だ。この世界を総《す》べる神々が、己《おのれ》の気に入った人間が生まれた時に与《あた》える祝福だとされている。

彼女たちが行使する力は魔法より強大で、魔力の量も関係なかった。魔法のように使い方を修行《しゅぎょう》する必要もなく、ギフト持ちは生まれた時から息をするように与えられた力を使いこなすことができる。

あるギフト持ちの女性は祈るだけで水を生み出すことができた。

またあるギフト持ちの女性の周囲には必ず草木が芽生えた。

そしてまたあるギフト持ちの女性は病気やけがを触《ふ》れるだけで治すことができた。

神から授《さず》かった奇跡《きせき》の力──それが『祝福《ギフト》』だ。

それゆえ、彼女たちは「聖女」あるいは「魔女」と呼ばれ、その能力にかかわらず尊敬を集めている。

ロウワン国では魔法使いのみならず、このギフト持ちも数多く生まれている。風土のせいなのか、それとも民族的にそういう性質があるのか真相は不明だが、ロウワン国に限って特殊な能力持ちが多い。

その恩恵《おんけい》で、小国ながらも数多くの国と友好関係を結び、周辺国と比べても十分に豊かだったのだ。

国民もそれが分かっているので、「魔法使い」や「聖女」、それに「魔女」たちはこの国では特に優遇《ゆうぐう》されている。

平民の、それも下町のウェイトレスだったロイスリーネの母親が、父親である国王と結婚できたのも、彼女が「魔女」だったことが大きいだろう。

ロイスリーネの母親は『解呪《かいじゅ》』のギフトを持って生まれた平民だった。「どんな呪《のろ》いでもたちどころに解いてしまう」という能力を持っていたが、どの神殿《しんでん》にも席を置くことなく、市井《しせい》で暮らしていた「魔女」だ。本人も魔女を自認《じにん》している。

「聖女」と「魔女」という名称《めいしょう》に明解な決まりはない。彼女たちの所属する組織と、ギフトの中身によって人々が勝手に呼んで区別しているだけだ。

神殿の保護を受け、彼らの一員として活躍《かつやく》しているギフト持ちは「聖女」と呼ばれ、神殿に所属していないギフト持ちを「魔女」と呼ぶ場合が多い。

「魔女」だったロイスリーネの母親は、父親に見初められて結婚するまで、ウェイトレスとして働く傍《かたわ》ら、呪いに悩《なや》まされている人々の相談に気軽に応じていた。

王族の一員となり、表だって「魔女」として活動できなくなったものの、時々お忍びと称《しょう》してロイスリーネや姉を連れて街に下りては、かつての職場に顔を出して人々の相談に乗っていた。

ロイスリーネが王女という高貴な生まれなのに、他人の、それも平民の給仕をすることに忌避感《きひかん》がないのは、母親のお忍びに付き合った時、戯《たわむ》れにウェイトレスの真似事《まねごと》をしていたからだ。それを面白《おもしろ》がった母親は、給仕のコツを娘《むすめ》に仕込んだ。

『いつでもどんな時でも笑顔は忘れないようにね、ロイスリーネ。どれほど忙しくても、嫌味《いやみ》な客に絡《から》まれようとも、朗らかに笑っていればたいていのことは切り抜けられるわ』

――お母様の言葉は正しかったわ。にこにこ笑っていれば、なんとかなるものね。

『緑葉亭』で働くようになって、ロイスリーネは母親の教えが正しかったことを身に染《し》みて知った。

ちなみにロイスリーネだけではなく、姉王女のリンダローネや王太子である兄も彼女と同じように給仕をこなすことができる。

『これで万が一、王家を追放されて平民に落とされても、食いっぱぐれなくてすむわね』

『どの国にだって食堂はあるからね』

そう言って笑っていた姉と兄を思い出し、ロイスリーネは家族が恋しくなった。

――みんな元気かしら。離れて半年しか経っていないけれど、お兄様とお姉様、それにお父様やお母様にも会いたいわ。

しんみりとした気分でいると、エマが淹《い》れたばかりのお茶をテーブルに置いた。

「リーネ様、お疲れになったでしょう。お茶をどうぞ。宰相様が持ってきてくださった最高級の茶葉ですわ」

「ありがとう、エマ」

ジェシー人形を脇《わき》において、ロイスリーネはカップを手に取った。芳醇《ほうじゅん》なお茶の香《かお》りが鼻腔《びこう》をくすぐる。一口飲んで、ホゥと息を吐《は》く。

「さすが最高級のお茶ね。とても美味《おい》しいわ。悔《くや》しいけど、お茶の品質はロウワンよりルベイラの方がはるかに上ね」

「大陸中からよりすぐりの品が集まりますからね、ルベイラは」

「国に戻る時には美味しいお茶をお姉様へのお土産《みやげ》にしようかしら」

「いいですね。リンダローネ様もきっと喜ばれますわ」

ロイスリーネもエマも祖国へ戻ることを前提《ぜんてい》に話をしているが、いつ戻れるか、あるいは戻ることができるかも分かっていない。

これは単なる希望だ。

――お飾り王妃はいつまでやったらいいのかしら？　いつか解放されるとは思うけれど、あまり早く国に返されても困るのよね。

何しろ「ルベイラ国の王妃」という立場は祖国《ロウワン》にとって非常に有益《ゆうえき》だ。その恩恵にしっかり与《あずか》るまではジークハルトの妻という立場を死守しなくてはならない。

そのために、離宮に軟禁されても唯々諾々《いいだくだく》と従っているのだ。

――我慢《がまん》して名ばかりの王妃をやっているのだから、多少ハメを外して息抜きしたっていいわよね？

働いている間は自分の不安定な立場を忘れることができる。城下町に下りてウェイトレスをすることは、ロイスリーネにとって重要な息抜きなのだ。

それが分かっているから、エマも本音では心配でたまらないだろうに、ロイスリーネのやることに反対せず協力してくれている。

「いつもありがとうね、エマ」

唐突《とうとつ》に言うと、エマはキョトンとした。

「何がですか？」

「エマがここにいてくれるからこそ、私は自由に動けるの」

ロイスリーネが祖国でお忍びをする時は、いつもエマを連れて歩いていた。けれど、ルベイラでそれはできない。ロイスリーネの不在がバレないようにエマはここに残らなければならないからだ。

せめてあと一人くらい侍女を連れて来ればよかったと後悔《こうかい》したが、後の祭りだ。

「私がリーネ様にして差し上げられるのは、そのくらいですから」

エマは苦笑《くしょう》を浮かべながら、優しい声で答えた。

「確かに心配ですけれど、このままここで閉じこもっていれば、いずれリーネ様の御心が死んでしまうのは明らかです。私は萎《しお》れたリーネ様なんて見たくない。緑葉亭で働くようになってからの方がリーネ様は生き生きしてらっしゃいますもの。だったら私がやることは一つ。リーネ様が自由に動けるように協力することです」

「ありがとう、エマ。苦労をかけると思うけど、これからもよろしくね」

しみじみとした口調でロイスリーネが言うと、エマは嬉しそうに頬を染めた。

「はい。おまかせください。リーネ様が自由に動けるようにジェシー人形と一緒にフォローさせていただきます」

「ふふ、そうね。お姉様からいただいたジェシー人形も私の味方ね」

ロイスリーネはジェシー人形を手に取り、胸に抱きしめながら微笑《ほほえ》んだ。

二歳年上のリンダローネは『豊穣』のギフトを持つ聖女であり、魔法使いでもある。妹を溺愛《できあい》するリンダローネは、遠い国に嫁入りするロイスリーネに自分の魔力を織《お》り込《こ》んだ人形をお守り代わりに贈った。

――いざとなったら私の身代わりになるってお姉様は仰《おつしや》っていたけど、その通りだったわね。もしかしてお姉様にはジェシー人形が必要になるって分かっていたのかしら？

エマは魔法が使えるものの、正式に魔法使いになれるほどの能力はない。人形をロイスリーネそっくりに変化させることはできても、長い時間維持《いじ》できる力はなかった。その足りない部分を補っているのが、ジェシー人形に織り込まれたリンダローネの魔力だ。

つまり、エマの魔法とリンダローネの魔力があってこそ、ロイスリーネの身代わりを作り出すことができるのだ。

――さすがお姉様。やっぱりお姉様はすごいのね。

賢《かしこ》くも優しい姉を思い出してリーネの胸はチクンと痛んだ。

リンダローネはロイスリーネの自慢《じまん》の姉であり、ロウワン国の至宝でもあった。

すごいのは姉だけではない。父王も魔法が使えるし、王太子である兄などは宮廷《きゆうてい》魔法使いになってもおかしくないほどの使い手だ。

魔女である母親。才能にあふれた家族。……その中にあって、ロイスリーネだけが平凡《へいぼん》だった。

ギフトもなく、魔力はあれど魔法を発動させることができない期待外れの姫《ひめ》。それがロイスリーネだ。

家族はギフトや魔法の能力に関係なくロイスリーネを愛してくれるが、新たな聖女か魔女の誕生を期待していた一部の臣下《しんか》たちからは、失望されているのを知っていた。

魔力は遺伝することが分かっているが、ギフトはあくまで神からの贈り物であり、子どもに継承《けいしょう》することはできない。ギフト持ちの子どもがギフトを持って生まれることは稀《まれ》で、人々は偶然ギフトを授かった子どもが生まれることを祈るしかなかった。

ところが、唯一例外が存在する。それがロイスリーネの母親である王妃の家系だ。彼女の家系では昔からよくギフト持ちの女児《じょじ》が誕生していた。

王妃の母親は『薬師《やくし》』のギフトを持つ魔女だったし、伯母《おば》は高名な聖女だ。従姉《いとこ》も『解《かい》析《せき》』のギフトを持つ聖女として神殿で活躍している。

リンダローネも農業国では喉《のど》から手が出るほど望まれる『豊穣』のギフトを持って生まれている。だからこそ、ロイスリーネが誕生した時、臣下も国民も期待したのだ。

ところがロイスリーネは何のギフトも持たずに生まれた。皆ががっかりしたことは想像に難《かた》くない。

面と向かって王女のロイスリーネにそのことを告げる者はいなかったが、臣下たちから失望され、役立たずの烙印《らくいん》を押《お》されていることは肌《はだ》で感じていた。

——持って生まれなかったんだから、仕方ないわ。

今でこそそんなふうに割り切っているものの、幼い頃は落ち込んだり泣いたりもした。家族の愛情がなければ、あるいは呑気で楽天家な気質でなければ、きっとロイスリーネは卑屈《ひくつ》な性格に育っていたことだろう。

——どうにもならないことにくよくよしたって時間の無駄だわ。私は自分にできる範囲《はんい》のことをすればいいのだから。

ジェシー人形を撫《な》でながら、ロイスリーネは気持ちを切り替えるとエマに声をかけた。

「エマ、この後、公務は何もなかったわよね？」

「はい。宰相様からも変更《へんこう》の連絡《れんらく》はありませんでした。夕食までのんびり過ごされても大丈夫だと思います。リーネ様、お疲れでしたら、少しお休みになられてはいかがですか？」

しばし思案したロイスリーネは、ソファの端《はし》に転がっていた本を手に取った。

「昼間から寝《ね》るのもどうかと思うので、せっかくだから本でも読んでいるわ。ふふふ、部屋に閉じこもって読書なんて、引きこもり王妃に相応《ふさわ》しい行動ね」

『緑葉亭』で聞いた商人たちの会話を思い出し、ロイスリーネはくすくすと笑った。

「引きこもり王妃？　なんですか、それは？」

エマが怪訝《けげん》そうに尋ねる。ロイスリーネは笑いながら商人たちから聞いた言葉を面白おかしく伝えた。

その後は「引きこもりですって？　なんて失礼な！」と憤慨《ふんがい》するエマを宥《なだ》めたり、誰もいないのをいいことにソファに横になって本を読んだりして、ロイスリーネはお飾り王妃としての楽しい時間を過ごしたのだった。

第二章 お飾り王妃の日常

夜の帳《とばり》が下り、寝支度《ねじたく》を整えたロイスリーネは、ジークハルトからの伝言を届けにやってきた女官長《にょかんちょう》や侍女《じじょ》たちと挨拶《あいさつ》を交《か》わした。

「ゆっくりおやすみなさいませ、王妃様《おうひ》」

「ありがとう、女官長。皆《みな》も」

「それでは失礼します。あとのことは頼《たの》みますね、エマ」

「はい。おまかせください」

エマ一人を残して彼女《かのじょ》たちが退出するのを見届けて、ロイスリーネは苦笑《くしょう》を浮《う》かべた。

「言《こと》づてなど意味もないのに、わざわざ毎晩忙《いそが》しい女官長をよこすのはどうかと思うわ」

ジークハルトはロイスリーネが離宮《りきゅう》に移った後も、『仕事が立て込んでいて、そちらには行けない』という伝言を女官長に届けさせるのだ。

結婚《けっこん》して半年の間にジークハルトが足を運んできたことはないので、その連絡はもはやただの日課のようになっている。

「もう来ないことはお互《たが》い分かっているんだから、しらじらしく言づてを届けさせる意味ってあるのかしら？　女官長にしたっていい迷惑《めいわく》でしょうに」

仕事が立て込んでいるなどという言い訳を、ロイスリーネは全然信じていなかった。きっと毎晩恋人《こいびと》のミレイの元へ通っているのだろう。

「陛下《へいか》はきっとリーネ様を気遣《きづか》っているつもりなのでしょう。いらぬ気遣いですけれどね」

エマはロイスリーネの髪《かみ》の毛《け》をゆるく三つ編みに結《ゆ》いながら、辛辣《しんらつ》な口調で答えた。

当然ながら、主《あるじ》をつらい立場に追いやったジークハルトに対するエマの印象は最悪だ。毎朝ロイスリーネと朝食を共にするためにやってくるジークハルトへの態度は誰《だれ》が見ても分かるほど冷たい。

――エマの気持ちも分かるけど、不敬罪《ふけいざい》で罰《ばっ》せられないかとヒヤヒヤするわ。

ジークハルトも傍《そば》に控《ひか》える彼《かれ》の従者《じゅうしゃ》もエマの不遜《ふそん》な態度をまったく気にしていないようなのが幸いだ。

ロイスリーネの髪の毛を整えると、エマは次から次へと寝室の灯《あか》りを消していく。けれど、最後のランプは消さずに、ベッド脇《わき》のサイドテーブルに載《の》せた。

本来であればロイスリーネはこの後にベッドに横になるはずなのだが、ベッドの端《はし》に腰《こし》をかけたものの、寝る気配はない。

待っているのだ。共寝《ともね》をする相手を。もちろんそれはジークハルトではない。

「私の可愛《かわい》いお友だちは、今夜も来てくれるかしら？」

「最近は毎晩来られるので、きっといらっしゃいますよ」

エマの言葉通り、しばらく待っていると、静寂《せいじゃく》に満ちた寝室の片隅《かたすみ》でカタリと音がした。ロイスリーネとエマが立てた音ではない。

視線が自然と音のした方向――壁《かべ》にはめ込まれている大きな鏡に向けられる。

声を立てずにその様子を二人が見守る前で、鏡が音も立てずに動いたかと思うと、中から小さな影《かげ》が飛び出してきた。

待ち望んでいた来訪に、ロイスリーネはにっこりと笑う。

影はぴょこぴょこと移動してきて、ロイスリーネのいる大きな天蓋《てんがい》付きのベッドの前で止まった。

それは青と灰色を混ぜたような色の毛並みを持った、一匹《ぴき》のうさぎだった。

「いらっしゃい、うーちゃん」

ロイスリーネは相好《そうごう》を崩《くず》しながら、うさぎに手を差《さ》し伸《の》べる。するとうさぎは待ってましたとばかりにロイスリーネの手に飛び移った。

「うーちゃんは相変わらずモフモフね」

そっと抱《だ》きしめると、うさぎは鼻先をロイスリーネの胸にこすりつけた。その甘《あま》えたような仕草に、ロイスリーネは悶絶《もんぜつ》する。

——ああ、なんて可愛いのかしら！

「リーネ様、お顔がやに下がっておりますが……」

「だってこんなに愛くるしいのよ？　それに、誰も見ていないんだからいいじゃない。ねー、うーちゃん」

小さな額にチュッとキスをすると、うさぎは気持ちよさそうに目を閉じた。

「うーちゃん」は毎晩ロイスリーネが寝る時間になると、地下道を通って部屋に姿を現わす。どこからやってくるのかは定《さだ》かではない。けれど離宮に住むようになってすぐに「うーちゃん」はロイスリーネの前に姿を見せるようになった。

——最初はびっくりしたわよね。夜中に目を覚ますと枕元《まくらもと》でうさぎが丸くなって寝ているんだもの。

朝になると姿を消しているので、最初は夢か、あるいは寝ぼけて幻《まぼろし》でも見たのかと思っていたほどだ。それほど自然に、いつの間にか「うーちゃん」はロイスリーネの部屋に現われては消えた。

神出《しんしゅつ》鬼没《きぼつ》なうさぎ。

動物好きなので、摘《つ》まみ出したり、捕《つか》まえて警備兵に突《つ》き出したりするつもりはなかったものの、この猫《ねこ》一匹通さぬ警備が敷《し》かれている離宮に、どうやってこのうさぎは入ってくるのだろうか。エマと二人で何度も首を傾《かし》げたものだ。

──まぁ、種明かしをすれば、秘密の通路を通ってやってきていたわけだけど。

鏡が急にズレて、その小さな隙間《すきま》からうさぎがそっと寝室に滑《すべ》り込んでくるのを偶然《ぐうぜん》見た時は、さすがのロイスリーネもびっくりした。

きっと、なんらかの偶然で地下道を見つけて彷徨《さまよ》っているうちに、最終的に温かなベッドがあるロイスリーネの寝室にたどり着いたのだろう。

もしかしたら、ロイスリーネが離宮に住む前からこの部屋に来ていたのかもしれない。

「うーちゃんはきっと幸運を呼ぶうさぎだと思うの」

鏡が扉《とびら》になっていて、その奥《おく》に地下道へ続く秘密の通路があることを知ることができたのは「うーちゃん」のおかげだ。

恩人……いや、恩うさぎだ。

「いつも思うけど、うーちゃんはどこで飼われているうさぎなのかしらね？」

モフモフの毛を撫《な》でながら首を傾げると、エマが思案しながら口を開いた。

「陛下がうさぎ肉がお好きではないとのことで、王宮内で食用として飼われているうさぎはいないそうです。この子は毛並みもいいし、汚《よご》れてもいないので、愛玩《あいがん》用として大切に飼われているのだと思いますけどね」

「そうね。王宮内のどこかの部署で飼われているのかもしれないわ。ちゃんと確認《かくにん》していないけど、地下の通路は王宮のあちこちに通じているみたいだから、出入り口の一つがう

さぎ小屋の近くにあってもおかしくないもの。飼っている人から、ぜひ譲《ゆず》ってもらって離宮で飼いたいものだけど……無理でしょうね。うーちゃんのことは私たちだけの秘密にしましょう」

どこでこのうさぎのことを知ったのかと詮索《せんさく》されたら、秘密の通路をロイスリーネが知ってしまったこともバレて、お忍《しの》びができなくなってしまう。それだけは避《さ》けたい。

「仕方ないわ。今はこうして一緒《いっしょ》に寝るだけで我慢《がまん》ね」

ロイスリーネが残念そうにため息をつくと、まるで同意するように、うさぎは彼女の胸に顔を埋《うず》めたまま鼻をスピスピと鳴らした。

「もうお休みになられますか？」

「そうね。明日は午前中に公務《こうむ》があるから、朝食も早めになりそうだし、もう寝た方がいいわね」

「それでは天蓋を下ろしますね」

エマがベッドの四柱に括《くく》られたカーテンを下ろしていく。

ベッドの上に下ろされたうさぎは慣れた様子で枕元で丸まった。まるで青みがかった灰色の毛玉のようだ。

ベッドに横になったロイスリーネはつい誘惑《ゆうわく》にかられて、柔《やわ》らかな毛に手を伸《の》ばした。撫でられたうさぎは身じろぎをしてつぶらな黒い目を開けると、首を伸ばしてロイスリーネの頬《ほお》に顔をすりつける。キュンキュンと胸がときめいてまたもやモフりたくなってしまったが、うさぎが丸くなって目を閉じてしまったため、ぐっと我慢する。

「おやすみなさい、うーちゃん」

天蓋のカーテン越《ご》しに、エマが声をかける。

「それではリーネ様。おやすみなさいませ。私は隣《となり》の控え室にいますので、何かありましたら、お呼びください」

「おやすみなさい、エマ。私は大丈夫《だいじょうぶ》だから、あなたもちゃんと休んでね」

「はい。ありがとうございます。それでは失礼します」

ベッドサイドテーブルにあったランプを手に、エマが遠ざかっていく。

真っ暗になった寝室で、うさぎの小さな寝息《ねいき》がロイスリーネの耳をくすぐった。

——ありがとう、うーちゃん。

暗闇《くらやみ》の中、夫に顧《かえり》みられず閨《ねや》の中に独りという惨《みじ》めな状況《じょうきょう》や将来への不安を、うさぎの温《ぬく》もりが癒《いや》してくれる。

「うーちゃんが一緒に寝てくれるんだもの。夫なんて必要ないわね」

そう独りごちると、ロイスリーネは目を閉じる。睡魔《すいま》が訪《おとず》れて、ロイスリーネの意識を闇《やみ》のヴェールが覆《おお》っていく。

ロイスリーネは、夢と現《うつつ》の狭間《はざま》で、誰かが額にそっと触《ふ》れているのを感じた。

「すまない、ロイスリーネ……」

囁《ささや》かれた言葉は、誰の声だったのか。

——……陛下？

なぜかロイスリーネは、その手の主《ぬし》はジークハルトだと思った。

——ああ、これは夢ね。今頃《いまごろ》陛下はミレイ様のところに行っているはずだもの。だから、これは夢か幻……。

夢だと確信したと同時に、ロイスリーネの意識は再び闇の中に沈《しず》んでいった。


目覚めるとうさぎの姿はもうベッドになかった。どうやら朝が来る前に帰ってしまったらしい。

「おはようございます、王妃様」

エマをはじめ、離宮に勤めている侍女たちがロイスリーネの目覚めに合わせてぞろぞろと部屋に入ってくる。

顔には出さなかったものの、ロイスリーネはうんざりした。

これからドレスに着替えてジークハルトと朝食を共にすることになっている。

——たかが朝食のために毎朝窮屈《きゅうくつ》なドレスに着替えなければならないなんて。

ロウワン国では公務でもない限り、家族と過ごす時はコルセットのいらないシュミーズドレスで構わなかったのだが、ルベイラ国では国王と食事を共にする時も正式なドレスという決まりがあるらしい。

そのせいで、毎朝ロイスリーネは侍女たちによってコルセットでウエストを絞《しぼ》られ、ペチコートを重ね着し、時間をかけて重いドレスを着せられている。

——面倒《めんどう》よね。陛下も何もわざわざ毎朝離宮に来てまで私と朝食を取ろうとしなくていいのに。

昼食と夕食は公務があるため各自の都合で取る代わりに、朝は夫婦《ふうふ》で一緒に食事をするという習慣は、ジークハルトと本宮に一緒に住んでいた結婚当初からだった。公務以外で顔を合わせる機会がその時くらいしかなかったこともあり、ロイスリーネは二つ返事で了承《りょうしょう》したのだが……。

——まさか離宮に来てまでその習慣を続けるとは思わなかったわ。

来る必要はないといくら言ってもジークハルトは毎朝食事をするためだけに離宮にやってくる。そのたびに重いドレスに着替えなければならないロイスリーネの身にもなってほしい。

「おはようございます、陛下。遅《おそ》くなって申し訳ありません」

エマや侍女を連れてダイニングルームに向かったロイスリーネは、一足先に来ていたジークハルトに淑女の礼《カーテシー》を取りながら挨拶をした。これも毎朝のことである。

「おはよう、ロイスリーネ。昨夜は来られなくてすまなかった」

ジークハルトのこの言葉も毎朝のことである。

「いいえ、陛下がお忙しいことは分かっておりますもの。私の方こそお気遣いありがとうございました」

毎朝変わらぬやり取りをして、ロイスリーネはジークハルトにエスコートされて大きなダイニングテーブルの所定の位置に座《すわ》る。そのタイミングに合わせてワゴンに乗せた食事が運ばれてきた。

もちろん、美味《おい》しいが毒見を経てすっかり温《ぬる》くなった食事である。

——あーあ、料理人には悪いけど、こんな冷めたスープじゃなくて『緑葉亭《りょくようてい》』の温かい食事が食べたいわ。

食べ物を口に運ぶたびに内心で愚痴《ぐち》っていたが、もちろん表面上はにこやかな笑顔《えがお》を保つ。笑顔の下でロイスリーネがこんなことを考えているとは誰も思うまい。

……たった一人、エマを除《のぞ》いて。

そのエマはダイニングルームの端に立ち、ロイスリーネたちの食事を見守っている。彼女の横にはジークハルトの従者であるエイベル・クライムハイツの姿もあった。

エイベルはジークハルトの乳兄弟《ちきょうだい》で、幼い頃《ころ》から共に育ってきた間柄《あいだがら》だという。いつもジークハルトの傍に控えて、彼の補佐《ほさ》をしている。

顔は整っているが、端正《たんせい》というより愛嬌《あいきょう》のある顔だちで、少し吊《つ》り上がった水色の目はいつも笑っているように細められている。

離宮の侍女たちの話によると、性格も朗《ほが》らかでとても話しやすく、親しみやすい男性らしい。常に仏頂面《ぶっちょうづら》をしているジークハルトとは正反対の男性だ。

もっとも、エマはジークハルトの従者というただその一点だけでエイベルのことを嫌《きら》っているようだ。今も何かと話しかけてくるエイベルに冷たい視線を向けている。

『あの人、性格悪いと思います。私には分かります。アレは食わせ者です！』

いつだったか、エマが言っていた言葉が思い出される。

──エマったら、大丈夫かしら？　何だかハラハラしてしまうわ。

ロイスリーネにとってエマはとても頼もしい侍女だが、少し気の強いところがある。今はロイスリーネもジークハルトもいるし、他の侍女の目もあるから抑《おさ》えているが、これが二人きりだったりしたら、相手を舌戦《ぜっせん》でやりこめていたに違《ちが》いない。

普段《ふだん》は王家に仕《つか》える侍女として楚々《そそ》としているものの、平民出身で孤児院《こじいん》育ちのエマはとにかく口が立つのだ。

余談だが、ロイスリーネが一国の王女らしからぬ砕《くだ》けた物言いになるのは、元平民だった母親とエマが大いに影響《えいきょう》している。

平民を装《よそお》い下町の食堂でウェイトレスをやっていても、まったく違和感《いわかん》がないのはそのためだ。

──何の経験が役に立つか分からないわよね。

そんなことを考えながら横目でエマの様子を窺《うかが》っていると、ジークハルトの声が聞こえた。

「ロイスリーネ。昨日は何をして過ごしていた?」

ロイスリーネは意識をジークハルトに戻《もど》すと、笑顔で答えた。

「一日読書をしておりましたわ」

「そうか」

「陛下は遅くまで忙しい一日を過ごされたようですね。王妃なのに私ばかりのんびりしていて、申し訳ないほどです」

チクリと嫌味《いやみ》も加えてみたが、ジークハルトは動じなかった。

「気にするな。あなたはここでゆっくり過ごしてくれればいい」

「……ありがとうございます」

会話はそれ以上続かなかった。国王と王妃ともなれば、普通《ふつう》公務のことや国政のこと、外国の情勢など話す内容はたくさんあるはずなのだが、ロイスリーネとジークハルトの間にそんな会話は一切《いっさい》ない。

ロイスリーネの方からも伝える話などない。何しろ公務もほとんどなく、一日中離宮でボーっとしているだけなのだから。緑葉亭での話ならいくらでもあるのだが、話せるわけもない。

会話は途切《とぎ》れ、手を動かすたびに食器の立てる小さな音だけがダイニングルームに響《ひび》く。

――この時間に何の意味があるのかしらね？　王妃との仲は良好だという周囲へのアピールかしら？

首を傾げながらロイスリーネは向かいに座るジークハルトをそれとなく観察する。

嫌《いや》になるくらいに端正な顔だち。ルベイラ王族特有の銀髪《ぎんぱつ》と、曇《くも》りの空を思わせる青灰《せいかい》色《しょく》の目の組み合わせは、どこか見る者をヒヤリとさせる。

まるで氷で作られた彫像《ちょうぞう》だ。

――同じ王族で銀髪を持つタリス公爵《こうしゃく》を見ても、少しもそんなイメージは湧《わ》かないのに、陛下だけ妙《みょう》に寒々しく感じるのよね。

感情を表さない、笑いもしない「孤高《ここう》の王《おう》」。ぴったりなあだ名だと思うものの、どこか違和感を覚えてしまうのは、昔のジークハルトを知っているからかもしれない。

ロイスリーネがジークハルトと初めて出会ったのは、六年前、十二歳《さい》の時だ。

ジークハルトはまだ王太子《おうたいし》で、父親の名代《みようだい》として東方諸国《とうほうしよこく》を巡《めぐ》っていた。ロウワン国にも立ち寄り、数日間ロイスリーネの住む王城に滞在《たいざい》することになったのである。

——その時、なぜか私が案内係として陛下の滞在を手助けすることになったのよね。お姉様やお兄様ではなく、子どもの私が。

これは異例のことで、両親以外はみんな首を傾げていた。今もって理由は分かっていない。でも、母親がロイスリーネを指名したということだけはなんとなく察《さつ》していた。

——もしかしたら私を大国の次期国王に売り込みたかったのかしら？　いえ、それはお母様の性格上ないわね。

案外、子どもならば大国の王太子相手に失礼をしても許されると思ったのかもしれない。

事実、そうなった。

当時まだ十六歳だったジークハルトは、文句《もんく》一つ言わずに拙《つたな》いロイスリーネの案内を受け入れてくれた。それどころか笑《え》みを浮かべて労《いたわ》ってくれたのだ。

『ありがとう。大人たちが考えているより、姫《ひめ》はとてもしっかりしていると思う』

笑顔と共に告げられた言葉がとても嬉《うれ》しかったのを覚えている。

そう、あの頃のジークハルトは、ぎこちなかったものの、笑顔を浮かべていたのだ。

——その時のことが記憶《きおく》にあったから、即位《そくい》した彼が一切笑顔を見せないでいると知ってびっくりしたんだったわ。

実際、再会した彼は六年前とは打って変わって一切笑わない、噂通《うわさどお》りの「孤高の王」となっていた。

――確か陛下は東方を巡って帰国した後、すぐに国王の座についたんだったわよね。即位してから、一体何があったのかしら？

気にはなったものの、気軽に聞ける間柄でもないし、正直自分のことで手一杯だ。だから、ジークハルトのことは考えない。ジークハルトがロイスリーネを利用するのなら、自分も祖国の利益のために彼を利用する。

それ以外考える必要はないのだ。

「失礼します、陛下、王妃陛下」

食事が終わったのを見計らったように、ダイニングルームに宰相《さいしょう》のカーティスが現われた。

「まもなく謁見《えっけん》が始まります。その前に王妃陛下に今回の公務の概要《がいよう》について説明させていただきたく、参上いたしました」

宰相のカーティスは優雅《ゆうが》な仕草で一礼すると、ロイスリーネを見てにっこりと笑った。ロイスリーネは背筋を伸ばしてお腹《なか》に力を入れる。

――出たわね、腹黒《はらぐろ》宰相。

カーティス・アルローネはジークハルトとはまた違ったタイプの端正な顔だちの男性だ。

アルローネ侯爵家《こうしやくけ》の当主であり、前宰相だった父親の跡《あと》を継《つ》いで、宰相の地位についた。年齢《ねんれい》は二十六歳で、ジークハルトより四つ年上だ。

立ち居振る舞《いふま》いも容姿も優美で上品で、いかにも貴族といった風貌《ふうぼう》である。普通だったら軟弱《なんじやく》に見えるはしばみ色の長い髪《かみ》も、不思議と彼の容姿にとても似合っていた。

ただし、それは外見だけのこと。優雅で柔和《にゆうわ》な笑みを浮かべてはいるが、その中身と性格は冷静にして冷酷《れいこく》。彼を若造だと侮《あなど》った人間はことごとく潰《つぶ》されているという話だ。

六年前、ロイスリーネはカーティスとももちろん顔を合わせている。

その際、この柔和な笑顔と柔らかな口調で、ロイスリーネの話を本人と周囲から根掘《ねほ》り葉掘り聞き出したことは記憶に新しい。ロイスリーネもこの貴族的な外見につい騙《だま》されて、自分がギフトもなく、魔法《まほう》も使えない期待外れの姫であることを話してしまった。

――今から思えばその情報のせいで、私はジークハルトの王妃として選出されたんじゃないかしら？　利用しやすい、しても構わない相手として。

期待外れの姫だと言われることを気にしていたロイスリーネなら、祖国の役に立つためにジークハルトの不貞《ふてい》にも目をつぶるだろう、と。

――ええい、その通りよ。この陰険《いんけん》男め。

ロイスリーネはカーティスが三年前に縁談《えんだん》を持ちかけてきた時のやり取りを忘れてはいない。

何か裏があるのではとそれとなく尋《たず》ねたロイスリーネに、この男は微笑《ほほえ》んでしれっと答えたのだ。

『他意などありません。ジークハルト陛下がロイスリーネ殿下《でんか》を伴侶《はんりょ》にと望まれているからです』

――嘘《うそ》つき！　裏ありまくりじゃない！

騙されたことに気づいた時から、ロイスリーネにとってカーティス宰相は要注意人物となった。もちろん絶賛継続《けいぞく》中だ。

「謁見の相手は同盟国のバンザールからやってきた新しい大使です。バンザールは我《わ》が国《くに》と肩《かた》を並べるほどの大国ですから、新しい大使の就任をこちらも最上の礼儀《れいぎ》で以《もっ》て迎《むか》えなければなりません」

カーティスの言わんとしていることを察《さっ》してロイスリーネは肩をすくめた。

「分かりましたわ。私が欠席すると非礼《ひれい》にあたると言うわけですね」

「その通りです。理解が早くて助かります」

言いながらカーティスはロイスリーネに近づき、一枚の紙を手渡《てわた》す。

「謁見には大使の奥方《おくがた》もいらっしゃる予定です。王妃陛下に声をかけていただければ、奥方も大変お喜びになるでしょう」

「了解《りょうかい》したわ」

ロイスリーネが頷《うなず》くのを確認し、ジークハルトは立ち上がった。

「では私は一足先に向かっている。支度がすんだら女官長と警備の者をよこすので謁見の間《ま》に来てくれ」

「はい、陛下」

ジークハルトを見送るためロイスリーネも椅子《いす》から立ち上がると、ドレスのスカートを摘まんで頭を下げる。

カーティスと従者のエイベルを伴《ともな》ってジークハルトがダイニングルームを出ていくのを確認して、ロイスリーネはエマに声をかけた。

「エマ、聞いた通りよ。侍女たちを呼んで着替えを手伝ってちょうだい」

「はい。リーネ様。すぐに」

朝食用のドレスと謁見用のドレスは別だ。つまり、またもやロイスリーネは着替えなければならないのだ。

コルセットはそのまま流用できるが、面倒くさいことには変わりない。

――ロウワンであれば、朝はシュミーズドレスで事足りるし、謁見に参加する時だって普段のドレスですんだのに……。

国の規模の差や、王女と王妃の立場の違いがあるのは理解しているが、毎回無意味に着替えさせられる身にもなってほしいものだ。

げんなりしながらドレスを着替えると、ロイスリーネは侍女や女官、それに護衛騎士《ごえいきし》たちを大勢従えて離宮を出た。

当然のことだが、ぞろぞろと人を引きつれて歩くのはロイスリーネの希望ではなく、ジークハルト、もしくはカーティスが勝手に手配したものだ。

――私を守るためにしては大げさすぎだわ。どこの世界に国王より大勢の人を引きつれて歩く王妃がいるというの？

ただでさえロイスリーネは小国出身の王女ということで侮られているのだ。これではさらに反感を煽《あお》ってしまうだけでないか。

後継《あとつ》ぎも産まず、離宮に閉じこもって必要最低限しか公務をしない王妃。ようやく離宮から出てきても、これみよがしに大勢人を侍《はべ》らせている――どれをとっても印象は最悪だ。

――まさかそうなることを見越しての処置なのかしら？　簡単に王妃の首を挿《す》げ替《か》えられるように、わざと反感を買うようにしているんじゃ……？

ロイスリーネがそんなふうに穿《うが》った考えを持ってしまうのも無理からぬことだった。

謁見の間に向かって廊下《ろうか》を進んでいくと、王妃一行に気づいた使用人や兵士、それに通りかかった文官《ぶんかん》たちが慌《あわ》てて脇《わき》に控えて頭を下げるのが見えた。

その大部分がロイスリーネの知らない人たちだ。ルベイラに嫁《とつ》いでからほとんどずっと離宮で軟禁《なんきん》されているため、貴族はおろか宮殿に勤めている人の顔を覚える機会もなかった。

祖国にいた時は、下働きに至るまでみんなが顔見知りだったために、今の知らない人間ばかりという状況が、ロイスリーネには居心地《いごこち》が悪く感じられる。

だからだろう。知らない人ばかりの間に見知っている人間を見つけてつい足を止めてしまった。

「アーカンツ伯爵《はくしやく》ではありませんか。お久しぶりですね」

声をかけると、廊下の脇で軽く頭を下げていた中年の男性が顔を上げて微笑んだ。

「はい。お久しぶりでございます、王妃様」

人のよさそうな顔をしたこの男性は、以前ロウワン国にルベイラの大使として赴任《ふにん》していた人物で、何度か城で顔を合わせたことがあった。

言葉を交わすようになったのは王妃としてルベイラに来てからだ。大多数の貴族が小国からやってきた王妃を見下していた中、ロイスリーネを歓迎《かんげい》してくれた数少ない理解者の一人である。

「お元気そうで安心しました。宰相閣下《かつか》から王妃陛下の体調があまりよくないため、離宮に籠《こも》られていると聞いていたものですから。面会を申し込んでも受けつけてもらえず、心配しておりました」

「まぁ……」

――あの陰険宰相め。私が離宮にいる理由をそんなふうに説明していたのね。

それは大嘘で、離宮に軟禁されているのだと言いたいのはやまやまだったが、大勢の目がある前では無理だった。いや、人目がなくとも、そんなことを口にしたとたん、軟禁どころか幽閉《ゆうへい》されてしまうのが目に見えている。

悔《くや》しいがここは宰相の言っていた理由をこじつけるしかないだろう。

「心配をかけましたね。環境《かんきょう》の変化に少し疲《つか》れただけなのですけど、陛下がとても心配されて、離宮で見知った者だけに囲まれていた方が気が休まるだろうと配慮《はいりょ》してくださったのです。公務の方も体調を考えて徐々《じょじょ》にこなしていけばいいと言ってくださって。本当に陛下はとてもお優《やさ》しい方ですわ」

ロイスリーネはおっとりした口調ながら、周囲にはっきり聞こえるように言った。

これでこの場にいる人たちの口から、ロイスリーネ《王妃》が自分の意思で離宮に引きこもって公務を疎《おろそ》かにしているわけではないと広がるだろう。

「ジークハルト陛下はとてもすばらしい方で、我らの誇《ほこ》りです」

アーカンツ伯爵は嬉しそうに微笑んだ。この笑顔だけで、彼がジークハルトを国王として尊敬しているのが分かる。

――夫としては最低ですけどね。

表面上は微笑みながら、ロイスリーネは心の中で付け加えた。

「王妃陛下、そろそろ謁見の間に向かいませんと……」

斜《なな》め後ろから女官長がロイスリーネに耳打ちする。もっとも、耳打ちと言っても周囲に立ち話はそこまでだと教えるためのものなので、その声は決して小さくはなかった。

それを聞いて、アーカンツ伯爵の後ろに控えていた従者らしき青年がスッと出て、こちらも周囲に聞こえるような声で耳打ちした。

「旦那《だんな》様。そろそろ部内会議が始まるお時間です」

引《ひ》き際《ぎわ》だと見て取ったロイスリーネは、アーカンツ伯爵に笑顔を向けた。

「アーカンツ伯爵、引き止めて悪かったわ」

「とんでもございません。王妃陛下、お元気な姿を拝見しまして私も安心いたしました。もし王妃陛下に何かあれば、ロウワン国にいる国王陛下たちに申し訳が立ちませんから」

「まぁ、大げさね」

ロイスリーネはつい笑みを漏《も》らす。ロイスリーネは一見、大人しそうで弱々しく見えるが、中身はまったく真逆だ。そのことを両親も分かっている。

――もちろん心配はしているだろうけど、お父様たちが一番気にしているのは、私が被《かぶ》っている巨大《きょだい》な猫が外れてしまわないかということだわ。

王宮を抜《ぬ》け出《だ》し、身分を隠《かく》して下町の食堂で働いていると知ったら、やっぱりと思うだろう。

「王妃様」

いつまで経《た》っても動こうとしないロイスリーネにしびれを切らしたのか、女官長が咳払《せきばら》いをする。

「ではアーカンツ伯爵、ごきげんよう」

軽く挨拶をして歩き始めたロイスリーネに、アーカンツ伯爵が声をかける。

「王妃陛下。私でお力になれることがあれば、いつでも遠慮《えんりょ》なくお声がけください。何をさておいても駆けつけますので」

「ありがとう。アーカンツ伯爵」

直接な返答は避《さ》け、ロイスリーネは護衛を引きつれてその場を立ち去った。

アーカンツ伯爵はああ言ってくれたが、彼を自分の問題に関わらせるつもりはなかった。彼からロウワンの家族に伝わると困るからだ。

――できるだけ祖国《ロウワン》には今の私の状況を知られたくない。お姉様やお兄様に心配をかけるだけだから。

それに、ロイスリーネの現状を知っても、小国であるロウワンにはどうすることもできないのが現実だ。だったら知らせる必要はない。

ロイスリーネには目標がある。

最初は国のためにできるだけジークハルトと良い夫婦関係を結ぶことだった。けれどルベイラに到着《とうちゃく》する前にミレイの存在を知ってしまい、それは無理だと分かった。用がなくなればお飾り王妃など必要ない。いつかは何かしらの理由をつけて祖国に返されるだろう。

だから、ロイスリーネは目標を変えた。利用されるのであれば、反対にこの状況を利用してやろうと。

名ばかりの王妃を演じることでジークハルトに恩を売り、別れる時にロウワンにとってできるだけいい条件をルベイラから引き出すのだ。

――陛下は「孤高の王」なんて言われていても、根はとても優しい方だというのは分かっているわ。でなければ面倒なのに毎日私と朝食を共にしたりしないもの。きっと恋人のために妻を利用していることに、罪悪感《ざいあくかん》を覚えているはず。そこをつくのだ。

――だから、今は物静かで大人しい王妃を演じていてあげるわ。もちろん、侮られないように適度に威厳《いげん》を保《たも》ちながらね。

ロイスリーネは密《ひそ》かに笑みを漏らす。大勢の護衛と侍女に囲まれて廊下を歩くロイスリーネを見て、まさかそんな打算的なことを考えているとは誰も思うまい。

……いや、数歩あとに続くエマだけは分かっているだろうが、他の人間はロイスリーネの本心に気づくことはないだろう。

何しろロイスリーネの外見は、淑《しと》やかで従順そうな女性そのものだ。

優しげな面差《おもざ》しも、夢見るように開かれた緑色の瞳《ひとみ》も、いつも微笑んでいる口元も、どこかおっとりしているように聞こえる口調も、ロイスリーネを控えめな女性として印象づけている。

伏《ふ》し目《め》がちに微笑を浮かべれば、儚《はかな》くさえ見えるらしい。

『リーネ様の外見と中身の差《ギャップ》は詐欺《さぎ》レベルですね』

などとエマには言われるが、周りが勝手に外見で想像しているだけだ。ロイスリーネが騙しているわけではない。

だが、そう見られているのなら利用しない手はないだろう。

――さぁ、行くわよ、ロイスリーネ。お飾り王妃の出番だわ。

謁見の間へと続く扉が見えてきて、ロイスリーネは姿勢を正した。


後に国王夫妻と謁見をすませたバンザール国の新しい大使は、部下にこう感想を漏らしたという。

「隣《とな》り合《あ》った席に座る国王夫妻は、外見や雰囲気《ふんいき》などまるで正反対なんだが、それが妙に調和しているように見えたな。とてもお似合いの夫婦だと思うよ」

それから二時間後、無事に公務を終えたロイスリーネは離宮に戻り、窮屈《きゅうくつ》なドレスからシュミーズドレスに着替えていた。

「何事もなく公務が終わってよかったわ」

侍女たちを下がらせたロイスリーネはエマと二人きりになると、肩の力を抜いた。

「お疲れですか、リーネ様？　少し休まれます？」

「大丈夫よ。陛下の隣で微笑んでいるだけだもの。でも、必要最低限とはいえ、王妃の公務がこんなに少なくていいものかしら？　お母様なんて分刻みに予定が入っていて、いつも慰問《いもん》やら、謁見やらで忙しそうだったのに」

エマがクローゼットの奥からワンピースを取り出しながら答えた。

「女官長様によると、陛下の母君である先代の王妃様が亡《な》くなって以降、女性の公務の担《にな》い手《て》がいなくなってしまい、ほとんどが廃止《はいし》されてしまったそうです。リーネ様が王妃となられて、徐々に戻していく予定だったそうですが、カーティス宰相が待ったをかけたようですね」

「休養という名目で離宮に押《お》し込んだんですもの。その建前《たてまえ》がある限りガンガン公務を入れるわけにはいかなかったってことね。まぁ、おかげで自由に動ける時間があるわけだけど」

「そうですね。リーネ様、今日はこちらの若草色の服をお召《め》しください」

エマがロイスリーネに手渡したのは、平民用の飾り気のないワンピースだった。

「ありがとう。着替えている間、ジェシー人形の準備をお願い。そうね、今日は公務で疲れたからベッドで休んでいるという設定にしておいて」

「かしこまりました」

ロイスリーネはクローゼットの陰《かげ》に向かい、そこで素早くシュミーズドレスからワンピースに着替える。重厚《じゅうこう》なドレスは人の手がないと着付けることができないが、ワンピースであればロイスリーネ一人でも着ることができるのだ。

髪の毛を左右に分けておさげにし、眼鏡をかければ『緑葉亭』のウェイトレス「リーネ」の出来上がりだ。

姿見の前に立つと、美しいドレスを着た王妃ロイスリーネと同一人物とは思えないほどの地味な少女が見返していた。少女は鏡の中で満足そうに微笑んでいる。

——案外バレないものね。髪型を少し変えて地味に装っただけなのに。

これもロイスリーネの顔が国民にほとんど知られていないからこそだろう。国民が知っているのは、宮殿のバルコニーから手を振《ふ》る姿と、大地の女神《めがみ》を祀《まつ》るファミリア神殿《しんでん》から王宮までの短いパレードの間で見せた姿だけである。

いずれも遠目で、しかも着飾《きかざ》っていたから、顔などほとんど判別できなかっただろう。地味なウェイトレスのリーネと結びつくわけもないのだ。

自分の変装に自信を得て振り返ると、エマも準備を終えたところのようだ。寝室のベッドにはロイスリーネそっくりの女性が横たわって目を閉じている。

「ふふ、今日もよろしくねジェシー。エマ、後のことは頼んだわね」

「はい。おまかせください。リーネ様。お気をつけて」

「ええ。用心に用心を重ねるわ」

ロイスリーネはランプの一つを手に取ると、鏡の下部の飾りに手を触れた。カチリと嚙《か》み合ったような音がすると同時に、今度は鏡のガラス部分が音もなく右に開いた。地下通路に続く隠し扉だ。

木で彫《ほ》られた縁《ふち》の模様の一部がこちら側から隠し扉を開く鍵《かぎ》になっているのだ。

「行ってくるわね」

エマに声をかけて、ロイスリーネは隠し扉の向こうに身を躍《おど》らせた。

狭《せま》い螺旋《らせん》階段を下りる。普段使われていない通路は明かりもなく真っ暗だが、ロイスリーネは慣れた様子で地下道に下りると、王都の東側に通じる道を進んだ。

おそらく侵入者《しんにゅうしゃ》を惑《まど》わすためだろう。地下道は時々二又《ふたまた》や三又《みつまた》に分かれている。ロイスリーネもまだ確かめていないが、方向からいっていくつかの道は王宮のどこかに繋《つな》がっているのだろう。あるいは行き止まりになっている可能性もある。

分かれ道はたいてい似たような印象で、うっかりすると正しい道が分からなくなりそうだったが、ロイスリーネにはとある特技があったため、迷子になる心配はしていなかった。

ロイスリーネの特技。

それは数ある選択肢《せんたくし》の中から正解を引き当てることができるというものだ。

偶然なのか必然なのかは分からないが、勘《かん》に従って選択《せんたく》すればほぼ当たる。おかげでカードゲームは無敵だ。

『あなたのその引きの良さはもうギフトと呼んでも差《さ》し支《つか》えないのでは？』

姉のリンダローネにそう言わしめるほど、「自分にとって最善の選択を引き当てる」のが上手なのだ。

もちろん、そんなギフトなど聞いたことがないし、ロイスリーネにギフトがないのは『鑑定《かんてい》』の聖女によって確認済みだ。

――本当に単なる勘なのよね。でも、役に立つのはゲームくらいなものだと思っていた特技が、まさかこういう場面で活《い》かされるとは思わなかったわ。

だが、おかげでこの複雑な地下道を迷わずに目的地まで行けるのだから、神々に感謝の祈《いの》りを捧《ささ》げるべきなのかもしれない。

——夫の選択は間違《まちが》えたみたいだけど、それだって私が選んだわけではないしね。

「私が選択できるのであれば、ちゃんと妻として扱《あつか》ってくれる人を選んでいたわ。恋人を手放さないために他人を利用する夫なんて選ばないわよ」

一人きりだという安心感からか、つい独り言を言ってしまう。やっぱり軟禁生活で鬱憤《うっぷん》が溜《た》まっているのだろう。エマを心配させないために普段は口にしないようにしている夫への不満がつい口を出る。

「陛下のばーか、クズ、甲斐性《かいしょう》なし！」

そんな調子で三十分ほど歩いた頃だろうか。ようやくロイスリーネは上に出る階段に突き当たった。離宮の隠し扉の裏側にあったのとよく似た造りの階段だ。

階段をあがり、扉を抜けるとそこはどこにでもある民家の部屋だった。隠し扉は納戸《なんど》に見えるように偽装《ぎそう》されている。

ロイスリーネはランプを小さな棚《たな》の上に置き、周囲を見回す。空き家なのは確認済みだが、万が一人の気配があるとマズイ。

誰もいないのが分かると、ロイスリーネは安堵《あんど》のため息をつく。この瞬間《しゅんかん》が一番気を使う。

王族が脱出《だっしゅつ》用に作ったと思われる地下道だ。ここに出入り口があることを知る誰かが定期的に様子を見に来てもおかしくない。

「それにしても、地下道の一つがこんなところに通じているなんて思わなかったわ」

この民家があるのは、王都の東側の大門の近く——そう、『緑葉亭』にほど近い場所だ。民家が密集している地域の一角にあり、人が住んでいないにもかかわらず所有者がいるので、取り壊《こわ》されずに残っているようだ。

奥まった場所に戸口があるので、出入りしても人に見られる心配はない。まさに隠れ家《かくれが》として最適だと言えよう。

「さて、仕事に行きましょうか」

鏡はないので手でささっと身を整えると、ロイスリーネは隠れ家を出た。緑葉亭まではすぐだ。

「リグイラさん、キーツさん、こんにちは！」

準備中の看板がかかっている店の扉を開けると、いい匂《にお》いが鼻腔《びこう》をくすぐった。開店前の準備で忙しく立ち働いているリグイラがロイスリーネを見て微笑んだ。

「こんにちは、リーネ。待っていたよ。さっそくだけど、手伝っておくれ」

「はい！」

ロイスリーネはエプロンを身に着けると、慌ただしく動き始めた。

開店時間になると、さっそく客たちが入ってくる。

「こんにちはリーネちゃん、今日の日替《ひが》わりを頼むよ」

「はい、ただいま！」

美味しそうな匂いの立ちこめる店内に明るい声が響く。

ここにいる少女は物静かで大人しい「王妃ロイスリーネ」ではない。いつも明るく笑っている働き者「ウェイトレスのリーネ」だ。

今のリーネを見て王妃と同一人物だと分かる人間はそうそういないだろう。あえて王妃とは違うイメージを装っているわけだが、どちらかと言えば「リーネ」の方がロイスリーネの素に近い。

しがらみもなく、打算も必要ないここでは、ロイスリーネは本来の自分を出せるのだ。

――『緑葉亭』で働くことができてよかった。

「リーネ、これ三番テーブルに持って行っておくれ」

「はーい、ただいまお持ちします！」

リグイラの声に応じながら、ロイスリーネは初めて緑葉亭に来た時のことを思い出していた。

ロイスリーネは地下道の先に隠れ家を見つけて以来、そこを起点に王都を散策していた。

もちろん、長時間ではない。エマが心配するので、毎日少しずつ行動範囲《はんい》を広げていく程度のものだ。

ルベイラの王都はロウワンの城下町と比べて大きくて人口も多い。簡素なワンピースを身に着けて平民のように色々見て回るのが楽しかった。

誰もロイスリーネが王妃だなんて気づかない。小国出身の王妃だと見下されることもない。姉と比べられて、期待外れの王女だと蔑《さげす》まれることもない。

自由で明るくて、毎日が楽しかった。

ところがそんなある日、街を散策していたロイスリーネは誰かに後をつけられていることに気づいてしまった。

王都の東側は閑静《かんせい》な住宅地で、繁華街《はんかがい》ではないため比較的《ひかくてき》治安はいい。けれど、ひったくりや強盗《ごうとう》などがまったくないわけではない。女性がならず者たちに襲《おそ》われることもある。

──どうしよう。私が王妃だと知られたの？　それとも強盗や物取りに狙《ねら》われているの？

判別はつかなかったが、このまま無防備に歩いていたら拉致《らち》される可能性もある。ロイスリーネは逃《に》げ込める場所を探してあちこちに視線を彷徨《さまよ》わせ──そこで目に飛び込んできたのが食堂『緑葉亭』だった。

店に入り、女将《おかみ》──リグイラに事情を説明すると、彼女は開いているカウンターの席にロイスリーネを座らせて言った。

『しばらくここに座ってな。単なる物取りだったらそのうち諦《あきら》めるだろうさ』

それだけではなく、リグイラは注文もしていないのにロイスリーネの前にスープが入った皿を置いてにかっと笑った。

『ほら、これでも飲んであったまりな。お金はいらないよ』

口に含《ふく》んだスープは、王宮で出されるものほど凝《こ》ったものではなかったが、素朴《そぼく》な味や温かさが身体《からだ》にしみわたるようで、とても美味しかった。

リグイラの厚意《こうい》に感謝したロイスリーネが、お客が増えてきて忙しそうに立ち働く彼女に「お手伝いします。いいえ、させてください」と申し出たのは、当然の成り行きだっただろう。

リグイラは突然《とつぜん》の申し出にびっくりして断ったが、ロイスリーネは「経験がありますから」と強引《ごういん》に手伝った。

国が異なってもウェイトレスのやることはほとんど変わらない。ロイスリーネは昔母親に教わったことを記憶の底から引っ張り出して、次から次へとやってくるお客をさばいていった。

――私って絶対に王妃よりウェイトレスの方が合ってるわよね……。

自分でもそう思うほど、ウェイトレスの仕事がしっくりくる。しかも、ジークハルトの横で微笑を浮かべて立っているだけの仕事より、断然楽しくてやりがいもあった。

お客が引けた後、リグイラに「もしよかったら昼だけでもここで働かないかい？」と誘《さそ》われ、迷ったものの引き受けることにしたのは、今から思えば最善の選択だったのだろう。

その日は店の常連客に隠れ家の近くまで送ってもらったが、ロイスリーネを付け回していた気配はすっかり消えていた。

エマにはたいそう怒《おこ》られたし心配もされたが、ロイスリーネの鬱屈《うっくつ》した気持ちを分かってくれていたので、結局は折れてくれた。

こうしてロイスリーネは「リーネ」として店で働くことになった。

——だってね、やっぱりお金は必要だもの。

ロイスリーネが働くことにしたのは、やりがいのある仕事がしたかったからだけではない。城下町に下りた時に使えるお金が欲《ほ》しかったことも理由の一つだ。

当然のことだが、王妃であるロイスリーネはお金を持っていない。ロウワン国の貨幣《かへい》は少し持ってきていたが、ルベイラでは使えない上に換金《かんきん》できるかも不明だ。

もし換金できたとしても、そこから足がつくかもしれないことを考えると取り替えることはできなかった。

つまりロイスリーネは一文無しなのだ。街を散策中に欲しいものがあっても指をくわえて見ているしかない。

それが、『緑葉亭』で働けばお給金をもらえるのだ。欲しいものが買えるのだ。ロイスリーネは張り切らざるを得なかった。

今ではもらった給金で、新しい靴《くつ》も買えたし、店の客に聞いた美味しいお菓子《かし》をエマにお土産《みやげ》として買って帰ることもできる。

――働くことにしてよかった。

店で働くようになって、ロイスリーネは初めてルベイラに来てよかったと心から思えるようになったのだ。


「リーネ、これ一番テーブルに持って行って。それからそろそろお客も引けてきたから、表の看板を休憩中に切り替えてきて」

「あ、はい！　分かりました！」

リグイラの言葉に我に返ったロイスリーネはお盆《ぼん》を受け取り、一番テーブルに運ぶとその足で店の外に出ようとした。

その時、扉が開いて一人の男性が飛び込んでくる。

「遅くなってしまった！　女将、まだ定食間に合う？」

入ってきたのは、軍の制服の上にフロックコートを身に着けた若い男性だ。やや長めの黒髪《くろかみ》に、水色の目をした背の高い美丈夫《びじょうふ》で、端正な顔だちはさぞモテるだろうと思われる。

ロイスリーネは彼を知っていた。『緑葉亭』の常連客の一人であるカインだ。

「いらっしゃいませ、カインさん」

「おや、カイン、間に合ったようだね。いつもの日替わり定食でいいかい？」

「ああ、頼むよ」

「カインさん、こちらの席へどうぞ」

　走ってきたのか、カインは額に汗《あせ》をかいていた。ロイスリーネはカインを席に案内すると、コップに水を注ぎ、ついでにタオルも用意して彼に渡した。

「ありがとう、リーネ。助かるよ」

　カインはタオルを受け取り、ロイスリーネににっこりと笑いかけた。実に爽《さわ》やかな笑顔だ。

「仕事が押して駐屯所《ちゆうとんじよ》から出るのが遅くなった。間に合わないかと思って走ってきたんだ」

「お疲れ様です。でも少しくらい遅《おく》れても、常連のカインさんのためだったら、女将は食事を出してくれたと思いますよ」

「規則正しくいつもの時間に食べられるようにしろとのお説教付きでね」

　いたずらっぽく笑いながらカインはいささか声を落として言った。

「確かに」

　リグイラの説教する姿が容易に思い浮かび、ロイスリーネもついくすくすと笑ってしまった。

カインはロイスリーネが店で働き始める前からの常連客で、毎日ではないが週に三日は食べに来ている。

身に着けている軍の制服を見るに、それなりの地位にいるようだが、ロイスリーネは具体的に彼が何の部署でどういう仕事をしているのかは知らない。

知っているのは、王宮内にある軍の本部と、店のすぐ近くにある軍の施設《しせつ》を行ったり来たりしているということだけだ。

——年齢も知らないのよね。外見からすると二十代半ばくらいだと思うのだけれど。

興味がないわけではないが、ロイスリーネはお客のことを根掘り葉掘り聞かないようにしている。返す刀で自分のことを詮索《せんさく》されたら困るからだ。

「そういえばリーネ、その後はどう？　後をつけられたりしていないかい？」

カインは他の客に聞かれないように小声で尋ねた。

「はい。大丈夫なようです。あの時だけだったようで……」

初めて『緑葉亭』に来た日、リグイラに頼まれて隠れ家の近くまでロイスリーネを送ってくれたのは、何を隠そうこのカインだ。カインはその後も心配してか、時々こうして尋ねてくれる。

「そうか。よかった。でももし何か不審《ふしん》な視線を感じたら、店に戻るか、軍の駐屯所でもいいから駆《か》け込むんだよ」

「はい。ありがとうございます、カインさん」

ロイスリーネがお礼を言いながら笑いかけると、カインもにっこりと笑った。

――陛下とは大違いだわ。陛下は私を前にしてにこりともしないけれど、カインさんは笑い返してくれるもの。

立場の違う二人を比べるのは無意味だと分かっているが、せめてカインの十分の一でも感情を示してくれればいいのにと思ってしまう。

「リーネ、カインの分ができたよ。運んでおくれ。それと外に看板を出すのを忘れないで」

そういえばカインがやってきたことに気を取られて、休憩中の看板を立てるのをすっかり忘れていた。

「はい。ごめんなさい。今すぐやります」

ロイスリーネは身を引《ひ》き締《し》めて、言われた仕事をこなすために動き出した。

しばらくすると客もほとんどいなくなり、カイン一人だけになる。ロイスリーネの仕事はもう終了《しゅうりょう》し、まかないを食べたらあがりだ。

カインが途中《とちゅう》まで送ってくれるというので、リグイラの後押《あとお》しもあり、ロイスリーネは甘えることにした。

余計な詮索をしてこないカインといるのは楽なのだ。

「すみません、カインさん。また送ってもらって」

「構わないよ。俺《おれ》も駐屯所に戻るついでだから」

二人そろって店を出ると、ちょうど遠くの方から鐘《かね》の音が聞こえてきた。どこかの神殿が鳴らしているのだろう。

「この時間だとファミリア神殿の鐘だろう」

カインの視線の先を見ると、遠くにいくつもの塔《とう》を持つ建造物があった。ファミリア神殿だ。

この世界の神は、一柱ではなく、多くの神々が存在する。

国や民族によって信仰《しんこう》する神が異なるので、各地から人が集まる国や都市ではたいていそれぞれの神を祀る神殿が建てられている。あのファミリア神殿もその一つだ。

大地の女神ファミリアを祀る神殿で、建物の規模から分かるように最大の信者数を持つ。それもそうだろう。ファミリアは創世を終えた古き神々が眠《ねむ》りにつく前に、この世界を維持《いじ》管理するために造られた新しい神々の代表なのだから。大地と豊穣《ほうじょう》と命を司《つかさど》り、人々に実りをもたらしてくれる女神。

ロウワン国でもファミリアを祀っているし、このルベイラもそうだ。そのため、ロイスリーネたちの結婚式《けっこんしき》はファミリア神殿で行われた。

「そういえば、リーネは王都に来て間もないから知らないかもしれないが、この国には夜の神を祀る神殿もあるんだ」

「夜の神を祀る神殿？」

ロイスリーネはびっくりして聞き返す。

夜の神。それはかつての古き神々の一柱にして、最後まで眠りにつくのを拒《こば》み地上に君《くん》臨《りん》し続けた神だ。大地の女神に力ずくで眠りに落とされ、今も地の底で女神と人間に対する呪詛《じゅそ》を吐《は》き続けている、と言われている。

人間にとってはあまり好ましくない神なので、まさか祀った神殿があるとは思わなかった。

「ここはかつて亜人《あじん》の国で、夜の神は亜人の守護神《しゅごしん》だったからね。神殿は亜人がいた頃の名残《なごり》だよ」

亜人というのは人間と動物の中間の種族で、夜の神が造ったと言われている。外見も能力もどちらの種族の特徴《とくちょう》も受け継いでいて、手足は人間なのに獣《けもの》の頭を持ち、全身も毛に覆われていたなど、色々と言われている。が、それは伝承の域を出ない。

亜人はとっくに滅《ほろ》びており、文献《ぶんけん》も残っていないからだ。

「亜人の住んでいた国だったら、夜の神を祀る神殿があってもおかしくないわね」

「ああ、とっくに廃墟《はいきょ》になっているけれどね。神殿は東の大門を出て五キロほど進んだ先にある。でも、興味を覚えたからって決して近づいてはダメだよ。あの辺りはひと気もないし、獣も出るから物騒《ぶっそう》だ。何より一時期クロイツ派が根城《ねじろ》にしていたという話で、陰惨《いんさん》な出来事が起きた場所でもあるから」

「クロイツ派が……」

ロイスリーネは顔を歪《ゆが》め、粟立《あわだ》った腕《うで》を無意識のうちにさすった。

クロイツ派とは、神を崇《あが》めている一団ではあるけれど、特定の神を信仰しているわけではない不可思議な集団だ。彼らはとある思想で結ばれている。

「奇跡《きせき》は神のもの。人間が行使《こうし》するべきではない。力は神の元へ還《かえ》さなければならぬもの」

という考えだ。

その思想のもと、彼らは魔法使いや魔女《まじょ》や聖女すらも否定し、攫《さら》っては殺すという残《ざん》虐行為《ぎゃくこうい》を繰《く》り返《かえ》した。

中でも標的になったのは魔女だ。神殿の保護もなく、身を守る術《すべ》を持たない彼女たちは、クロイツ派にとって格好《かっこう》の餌食《えじき》だった。

そうして数多くの魔女が、魔法使いが、聖女と呼ばれて崇《あが》められた女性たちが、彼らの犠牲《ぎせい》になったのだ。

「何百年も前のこととはいえ、事件のあった場所だ。魔力《まりょく》のある人間はあの場に漂《ただよ》う残《ざん》留《りゅう》思念に何かしら影響を受けるかもしれない。リーネは魔力があるみたいだから、興味本位で近づいてはいけないよ」

「わ、分かったわ。ありがとう、カインさん。絶対に近づかないわ」

クロイツ派による魔女狩《が》りが起こったのはもう五百年も前の話だ。その時はクロイツ派の考えや行動を危険視した各神殿同士が協力してクロイツ派を追いつめ、彼らの活動は鳴《な》りをひそめた――かに見えた。

ところが、クロイツ派による虐殺《ぎゃくさつ》から何百年もたった今も、彼らの思想に感化される人間は後を絶たない。

奇跡を否定するクロイツ派は、魔法使いやギフト持ちが多く生まれるロウワンにとって天敵《てんてき》とも呼べる存在だ。

――あぶない、あぶない。夜の神を祀った神殿跡というだけだったら、足を運んでいたかもしれないわ。

腕をさすっていると、カインの口元に申し訳なさそうな笑みが浮かんだ。

「怖《こわ》がらせてすまない。地元の人間もあそこへ近づかないくらいなんだが、たまに興味本位で向かう人間もいてね」

「いえ、教えてくれてありがとうございます、カインさん」

「女将が目を光らせているから大丈夫だとは思うが、もし『緑葉亭』であそこに行こうなんていう話をしている人がいたら、止めてやってほしい」

「まかせてください。必ず止めますから」

ロイスリーネは胸をどんと叩《たた》いて請《う》け合った。

隠れ家のすぐ近くでカインと別れ、地下道をたどって離宮に向かう。

暗くて狭い通路をランプ片手に歩きながら、ロイスリーネはカインから聞いた話を頭の中で思い返していた。

「クロイツ派か……」

姉のリンダローネは過去に何度も誘拐《ゆうかい》されそうになっている。クロイツ派だけではなく「豊穣の聖女」を手に入れようと目論《もくろ》んだ組織や国にも。

幸い本人は魔法が使えるため、誘拐は一度も成功しなかった。けれど、一歩間違えれば姉はどうなっていたことか。

ギフトがもたらすものは、必ずしも幸せだけではない。奇跡の力を使える代わりに彼女たちはいつも危険に身を晒《さら》すことになる。

そのため、神殿の保護を得て「聖女」となるギフト持ちは多い。ロイスリーネの母親やリンダローネのように「魔女」のままでいる方が稀《まれ》なのだ。

――ギフト持ちの苦労も苦悩《くのう》も、全部この目で見ているのに。

ロイスリーネが誘拐されそうになったことはない。彼女がギフト持ちではないことは、広く知られているからだ。彼らにとってあくまで標的は奇跡の力――ギフトだ。

――それが分かっているのに、お母様やお姉様と同じようにギフトを持って生まれてきたかったと思ってしまう私は、どれだけ欲深いのかしら？

期待外れの王女だと幼い頃から言われ続けてきたことは、どうやら思っていた以上にロイスリーネの心の傷となっていたらしい。

そんなことをつらつら考えながら地下道を歩いていたからだろうか。離宮への螺旋階段を上がって隠し扉を開けたロイスリーネがたどり着いた場所は、いつもの部屋とまったく異なる風景だった。

「――――え？」

建物に囲まれた小さな中庭。中央には小さめの噴水《ふんすい》があり、地面は青々とした芝生《しばふ》で覆われている。

中庭をぐるりと取り囲む回廊《かいろう》にロイスリーネは立っていた。回廊の柱には紋様《もんよう》が彫られ、壁には一面に鮮《あざ》やかな色合いの装飾《そうしょく》紋様が描《えが》かれている。その装飾にまぎれて壁の一部が隠し扉になっていたようだった。

「……どこかしら、ここは？」

回廊に立ち尽《つ》くし、中庭を呆然《ぼうぜん》と見やりながら、ロイスリーネはようやく自分が間違った道に入り込んでいたことに気づいた。

「全然別のところに出てしまったわ。ここは……王宮、かしら」

地下道を進む方向自体は間違っていなかったので、おそらく王宮内で間違いないだろう。

地下道や隠し扉が、王族の脱出時に利用するために作られたものであるのなら、王族がいる場所である可能性が高い。つまり、ジークハルトが普段過ごす本宮《ほんぐう》か、あるいは離宮の一つか。

――見覚えがない中庭だけど、本宮は無駄《むだ》に広いから、私が知らない場所があってもおかしくない。何しろ私が本宮にいたのは最初の一ヶ月だけだもの。

眉間《みけん》にしわを寄せて考え込んでいたロイスリーネは、悠長《ゆうちょう》に考えを巡らせている場合じゃないと我に返った。

――とにかく戻りましょう。幸い人はいなかったけれど、こんなところを見られたら大変だもの。

そう思って隠し扉を振り返った直後、人のやってくる気配がしてロイスリーネは慌てて中に滑り込み、扉を閉めた。

――逃げ込むところ、見られなかったわよね？

ドキドキしながら扉の内側で外の様子を窺っていると、回廊を歩く足音がどんどん近づいてくる。そのままロイスリーネのいる扉の前を通り過ぎると思われた瞬間、足音がピタリと止まった。

心臓がギュッと縮まる。

……けれど、扉の外にいる人が足を止めたのは、もう一つの足音が近づいてきていたからのようだ。

「……お前か。首尾《しゅび》はどうだった？」

扉越しに声が聞こえた。どこかで聞いたことのある声だった気がして、ロイスリーネはじっと耳をすます。その人物を思い出せれば、ここが本宮かどうか判断できると思ったからだ。

「申し訳ありません。どうやら今朝の作戦は失敗したようです」

応じる声には聞き覚えがなかった。けれど口調から彼らが主従《しゅじゅう》関係、もしくは上下関係であることはなんとなく分かる。

「そうか、暗示をかけて送り込むのもだめだったか……」

「ええ、離宮に張り巡らされた結界を超《こ》えられるのは、王妃に害意を持たない者だけですから。ならば暗示をかけて殺意を消せばと思ったのですが、どうやら魔法を帯びた者が結界を超えようとするのも警戒されているらしく、即刻《そっこく》王宮付きの魔法使いの連中が来て捕まったようです」

「忌々《いまいま》しい魔法使いたちめ」

聞いたことのある声が舌打ちをする。けれど、ロイスリーネはすでに声の主が誰か探るために聞き耳を立てていたことを忘れていた。会話の内容に仰天《ぎょうてん》したからだ。

――なに？　王妃って言った？　離宮とか王妃とかって、私の話よね？

「捕まった刺客《しかく》はどうなった？」

「軍の連中が尋問《じんもん》しているようですが、ご安心を。いくら探っても我らのところまでたどり着くのは無理でしょう。暗示をかけたモグリの魔法使いはすでに始末《しまつ》しておりますし」

「そうか……不幸中の幸いだな。残念だが次の手を考えなければ。なんとしてでも王妃は、、、殺さなければならん。主《あるじ》と我らの悲願《ひがん》のために！」

「はい」

「主には私から報告しておく。お前は次の手を考えろ」

「はは。承知いたしました。次こそは……」

足音が去っていく。扉の内側で呆然と立ち尽くしていたロイスリーネはようやく我に返り、青ざめた。

――なんてことを聞いてしまったのかしら……。

今の会話は間違いなく王妃――すなわちロイスリーネを殺そうとする計画だった。

――私、命を狙われているの……？

それなりに平穏《へいおん》だった日常が、音を立てて崩れる音をロイスリーネは聞いた。

第三章　お飾り王妃、自分の身は自分で守る

「な、なんですって？　リーネ様を殺そうとしている連中がいるですって!?」

エマが真っ青になって叫《さけ》んだ。

ロイスリーネはあの後、地下道に戻《もど》り、正しい道をたどって離宮《りきゅう》に帰っていた。

「ええ、彼《かれ》らははっきり言ったわ。王妃《私》を殺さなければならないって。彼らの主《あるじ》とやらが、それを望んでいるんですって」

中庭で聞いた話をエマに説明していると、改めて恐《おそ》ろしくなり、ロイスリーネは身震《みぶる》いした。エマはそれを見てようやく侍女《じじょ》としての本分を思い出したらしい。

「今温かいお茶を入れますね。それでひとまず落ち着きましょう。落ち着かないと対策も考えられませんから！」

エマはそう言ってせわしなくお茶の用意をする。いつになくぎこちない動作で、動揺《どうよう》しているのが丸分かりだ。どうやら落ち着かないといけないのはエマ本人のようだったが、動くことで不安を解消しようとしているのだろう。

現にできあがったお茶をロイスリーネに出す時にはもうだいぶ落ち着いていた。

「それにしても、賊《ぞく》が捕《つか》まったなんて知らなかったわ。騒《さわ》ぎになれば気づきそうなものだけど……」

カップを持ち上げながら呟《つぶや》くと、エマが同意するように頷《うなず》いた。

「ええ、そうですね。離宮で働く皆《みな》さんはいつも通りでしたわ。まぁ、離宮の建物の外で捕まったのなら、知らなくてもおかしくないのですが」

「男たちは今朝の計画と言っていたけど、もしかしたらまだ夜中とか明け方のことだったのかもしれないわね。私たちは寝《ね》ていたから気づかなかったのでしょう。ずいぶん大げさな警備だと思っていたけれど、そうではなかったのね。考えてみれば、王妃《おうひ》という立場だもの、その地位だけで命を狙《ねら》われてもおかしくないわ」

「そうですね。でも実際に狙われたとなると話は別です。すぐにその者たちを捕まえてもらわなければ！」

声を荒《あら》らげるエマに、男たちの話を思い出しながらロイスリーネは言った。

「実行犯《じっこうはん》である刺客《しかく》は捕まったけど、いくら尋問《じんもん》しても話をしていた男たちにはたどり着けないって自信満々に言っていたわ。……くっ、せめて扉《とびら》の前じゃなくて、少し離《はな》れたところで話をしてくれていたら、彼らの顔を確認《かくにん》できたかもしれないのに」

それが残念でならない。話の内容はよく聞こえたものの、今のままではまったく手がかりがない状態だ。

もどかしさにロイスリーネは唇《くちびる》を嚙《か》みしめる。

「ひとまず、今まで以上に用心しましょう、リーネ様。彼らは再びリーネ様を狙うかもしれないのでしょう？」

「ええ。次の手を考えると言っていたもの。あの様子では諦《あきら》めるとは思えないし、今後も狙われ続けるような気がするの」

「ではやはり、相手を捕まえるしかないですね。リーネ様、明日の朝、陛下《へいか》に相談してみてはいかがでしょうか。今朝捕まった刺客のことはきっと陛下の耳にも届いていると思います。離宮の警備をもっと増やして――」

「いいえ、エマ。陛下には言えないわ」

ロイスリーネはエマの言葉を遮《さえぎ》った。

「私は今朝あった襲撃《しゅうげき》も知らないことになっているのよ？　犯人たちの会話を聞いてしまったことも言えないわ。だって、離宮に軟禁《なんきん》されている私がどうやって知ることができたのか詮索《せんさく》されたら困るもの」

隠《かく》し扉と地下道の存在を知ってしまったことや、毎日離宮を抜《ぬ》け出して下町の食堂でウエイトレスをしていることまで言わなければならなくなる。それだけは避《さ》けたかった。それに……。

「犯人は陛下の身近な人という可能性もあるわ。考えてみて。王妃を暗殺して得するのは誰《だれ》？　どう考えても私が王妃であることを気に入らない貴族か、私を追い落として自分の娘《むすめ》を王妃につけたい高位の貴族くらいじゃない？　陛下に言ったら私が彼らの会話を聞いてしまったことが犯人の耳にも入るかもしれないわ。そうしたらもっと危険になる。地下道の存在を知られたら、離宮だろうがどこだろうが入りたい放題だもの」

「そうでした……同じ理由でカーティス宰相《さいしょう》もだめですね」

「ええ。あの腹黒宰相にも言えないわ。自分の身は自分で守るしかないの」

――そうよ、お飾り王妃なら動けないけど、リーネなら自由に動けるじゃない。自《みずか》らの手で犯人の正体を探《さぐ》ることも可能だわ。

「まずはあの男たちを探さないと。素性《すじょう》を知ることができれば、なんとか理由をつけて捕まえることができるかも。一番いいのは、軍の人に協力してもらって……」

ロイスリーネの脳裏《のうり》にカインの姿が浮《う》かんだ。

――そうだ。カインさんは軍の人だし、王宮にも出入りできる身分だもの。彼に協力してもらえば、王妃の命を狙う犯人を陛下に伝えずに捕《と》えることができるかもしれないわ。もちろん、自分が王妃だということを明かすわけにはいかないので、その辺はごまかすしかないが。

「リーネ様、危険なことはやめてくださいね。王妃様がここで厳重に守られていても、城下でリーネ様に何かあれば意味がないんですからね」

「大丈夫《だいじょうぶ》。女神《めがみ》に誓《ちか》って危険なことはしないわ。いくらなんでも弁《わきま》えてます」

「……そうだったらいいのですが……」

「大丈夫よ。私、運だけはいいんだから」

「それは分かってますが……」

本心から誓ったというのに、エマは信じていないようだ。けれど、不安そうにしていてもロイスリーネを止めることはしなかった。長い付き合いで、止めても無駄《むだ》だというのが分かっているからだろう。

ひとまず方針が決まったので、ロイスリーネはお茶を堪能《たんのう》することにした。

「そういえば、離宮には物々しい警備だけでなく、賊が侵入《しんにゅう》できないように結界を張っていたらしいわ。私は全然気づかなかったけれど。エマは何か気づいていた？」

お茶を飲みながら尋《たず》ねると、エマは少しだけ考え、頷いた。思い当たることがあったのだろう。

「リーネ様に付《つ》き添《そ》って出入りする時に、少しだけ引っかかる感覚があったんです。ずっと気のせいだと思っていたのですが、今から思うとそれは結界のせいだったのかもしれません」

「王宮付き魔法使《まほうつか》いたちが張ったものらしいわ。私に害意《がいい》がある者は弾《はじ》かれる仕組みで、害意がなくても、魔法を帯びている者が通ろうとすると分かるようになっているとか」

「それほどち密《みつ》で複雑な魔法を張れるなんて、すごいですね。さすが強国ルベイラの王宮付き魔法使いたち。当代一と言われるのも分かりますね」

「まぁ、ルベイラほどの大国が集めた魔法使いだもの。実力揃《ぞろ》いに違《ちが》いないわ」

ロイスリーネは王宮付き魔法使いの頂点に立つ長とも顔を合わせたことがあるが、驚《おどろ》いたことにかなり若い男性だった。ロウワン国の生まれだという彼は、かなり破格の報酬《ほうしゅう》でルベイラの王宮に迎《むか》えられたと言っていた。

　実力のある魔法使いが出ると多くの国は自国で囲い込むものだが、ロウワンは違う。住む場所も仕《つか》える相手も魔法使い本人の意思にまかせている。

次から次へと魔法使いが誕生するので、わざわざ囲い込まなくても構わないというのがロウワン側の実情だが、他国にとっては貴重な魔法使いをスカウトできる場だ。だからこそ小国といえども他国はロウワンに一目置き、友好関係を結びたがるのだ。

ルベイラの魔法使いたちの中にもロウワン出身の者が何人かいるらしい。きっと離宮の結界も彼らが気をきかせて張ってくれたものだろう。

「いつか魔法使いたちに会うことがあったら、お礼を言わなければいけないわね。結界のおかげで私は助かったのだから」

「そうですね……」

相槌《あいづち》を打ちながらも、エマは何か別のことが気になっているらしい。

「どうしたの、エマ？」

「……いえ、ふと、狙われたのは今回だけなのかと思いまして。結界のおかげで助かったのはありがたいことです。でも、そもそも異常なくらい警備がついていたのは、前々から狙われていたからとも考えられないでしょうか」

　ロイスリーネはエマの考えを笑い飛ばした。

「まさか。だって離宮に入った時からずっとこの大げさな警備だったのよ？　それより前なんて、私がこの国に来たばかりの頃からってことになるわ。さすがに本宮《ほんぐう》で何かあったら騒ぎになっているのではなくて？」

「ですが、今朝の刺客の話も私たちはまったく気づきませんでした。リーネ様が犯人たちの話を偶然《ぐうぜん》聞いてしまうまで、私たちは狙われていたことも知りませんでした。リーネ様が道を間違えなかったら、ずっと知らないままだったかもしれないのです。だったら前に同じことが起こっていても、おかしくないと思いませんか？」

「……確かにそうね」

　エマが言うことにも一理ある。気づかないうちに狙われていて、知らぬうちに命を守られてきたのだとしたら……。

「離宮に移された理由も、『王妃の身の安全を守るため』ってことだったわよね？」

単なる建前《たてまえ》だと思っていた理由が、本当のことだったとしたら？

「でも、だったらどうして、陛下は何も知らせてくれないのかしら？　普通《ふつう》は教えてくれるわよね？　狙われているから気をつけろとか言うわよね？　やっぱりエマの考えすぎでは？」

知らないところでジークハルトが何も言わずに守ってくれていたのかもしれないと考えると、ロイスリーネは妙《みょう》にそわそわした気分になった。

「そうかもしれません。あるいは何か別に理由があるのかもしれないですが」

「と、とにかく、陛下は何も言わなかったし、本当のところはどうか分からないわ。私からは聞けないもの。やっぱり自分の身は自分で守るしかないんだわ！」

ロイスリーネは心のもやもやに蓋《ふた》をするように宣言した。エマは賢明《けんめい》にもそれ以上何も言わなかった。


「ねぇ、うーちゃん、どう思う？　いえ、陛下のことはいいの。陛下のことは。自分のことを考えないとね」

その夜、やってきたうさぎの「うーちゃん」を胸に抱《かか》えながら、ロイスリーネはぶつぶつれないもの」

「とにかく、中庭で話をしていた二人の正体を突《つ》き止めるのが先決ね。陛下のことはそれからよ。当面は『緑葉亭《りょくようてい》』で仕事をした帰りに中庭の隠し扉の前で待機《たいき》して、声の主《ぬし》がもう一度通りかかるのを待つしかないわね。で、声を確認したら後をつけて素性を確認するの。エマから侍女服を借りれば王宮内をうろついても不審《ふしん》に思われないでしょう？」

　うさぎは何も言わずに黒い目でロイスリーネを見上げている。

「大丈夫。運はいい方だから。自分の身は自分で守れるわ。冷たい夫なんかに頼《たよ》っていられないもの」

　鼻息荒く言うと、うさぎが何か言いたげに前足を動かしてロイスリーネの胸を押《お》した。

「うーちゃん？　心配してくれているの？　大丈夫。一人じゃないわ。エマもいるんだから。ひとまず、カインさんと話す機会があったら、それとなく相談してみるわ。信じてもらえなかったら、自力でなんとかあの男たちの素性を突き止める。よし、頑張《がんば》るわよ！」

　ロイスリーネはうさぎを抱《だ》きしめながら、ベッドに横になる。

　普段《ふだん》だったらうさぎは枕元《まくらもと》に移動するのだが、この日はロイスリーネの不安を感じ取ったかのように、胸に頭をすりすりとこすりつけてきた。まるで心配するなとでも言っているように見えて、ロイスリーネはうさぎの耳と耳の間に唇を押し当てた。

「ありがとう。うーちゃん。大好きよ」

胸に温かさと重さを感じながら、ロイスリーネは眠《ねむ》りに落ちていった。

「リーネ、何か悩《なや》み事《ごと》でもあるのか？」

翌日、いつものように『緑葉亭』でウェイトレスをしていると、昼食を食べにやってきたカインが心配そうに尋ねた。

きっとロイスリーネがカインの方を何度も見やって何か言いたげにしていたからだろう。

いえいえ、これはどうやってあなたに話を切り出そうかと悩んでいるからです——などと言うわけにもいかず、あいまいな笑《え》みを浮かべたロイスリーネだったが、ハタと思った。

——カインさんから声をかけてくれたのだから、ちょうどよかったんじゃないかしら？

「あ、あの、カインさん。申し訳ないんですけど、あとで時間ありますか？　相談に乗っていただきたいことがあるんですけど……」

周囲の客に聞こえないように小声で言うと、カインは頷いた。

「もちろん。俺《おれ》にできることであれば。君の仕事が終わるまで待っているよ」

「ありがとうございます。よろしくお願いします」

「君のお願いならお安い御用《ごよう》だよ」

カインはにっこりと笑ってロイスリーネの頭を撫《な》でた。そんなことをされたのは初めてだったので、ロイスリーネがびっくりしている横で、顔なじみの常連客がはやし立てる。

「おおっと、カイン坊《ぼう》やがリーネちゃんの頭を触《さわ》ったぞ！」

「ヒューヒュー」

「おいおい、おさわり禁止だぞ、カイン！」

「ヘタレなカインにもようやく春が巡《めぐ》ってきたか」

各々《おのおの》好きなことを言い立てる常連客に、カインは顔をしかめ、しっしっと手で追《お》い払《はら》う仕草をした。

「暇人《ひまじん》どもめ。少しは遠慮《えんりよ》したらどうだ。リーネが困るだろうが」

このカインの言葉に常連客が一斉《いつせい》に反論した。

「カインがリーネちゃんに触るからだろうが」

「困らせているのはカイン坊やの方じゃないかな」

「お前が言うな」

当のリーネは顔を赤く染めて立《た》ち尽《つ》くしている。眼鏡《めがね》で顔を覆《おお》っているものの、恥《は》ずかしがっているのはバレバレだった。

――び、びっくりした。いえ、家族以外の男性に頭を撫でられるのは初めてじゃないわよ？　六年前にも当時まだ王子だった陛下に慰《なぐさ》められたことがあるもの。でもあの時はまだ子どもだったし。今回はいきなりだったから、それで驚いただけよ。

心の中で言い訳しながらもなんとなく頬《ほお》が熱い。

「あ、あの、それじゃ、また、あとで」

居たたまれなくなって、ロイスリーネは周囲にはやし立てられているカインを残して厨房《ちゅうぼう》に逃《に》げた。

一部始終《しじゅう》を目撃《もくげき》していたリグイラが、にやにや笑いながら「若いねぇ。青春だねぇ」と呟いていたことを、ロイスリーネは知らない。

それから二時間後、仕事を終えて店を出たロイスリーネをカインが迎えた。

「道の真ん中で話すのもなんだし、近くにできたケーキの店でも行くかい？」

ケーキには心を惹《ひ》かれるが、周囲に人がいるところでできる話ではない。

「できれば、あまり人のいないところがいいです」

「人に聞かれては困る話なんだね？　だったら、駐屯所《ちゅうとんじょ》にある俺の執務室《しつむしつ》に行こう。あそこなら誰かに聞かれる心配はない」

「私が入っても大丈夫なんですか？」

「俺と一緒なら大丈夫だ」

他に場所が思い浮かばないので、ロイスリーネはカインにまかせることにした。

軍の駐屯所は広く、王都の東側でも大きな区画を占《し》めている。余談だが、西側にもまっ

たく同じ建物があり、王都の治安を維持《いじ》する第三部隊の兵士の多くはこの東西の駐屯所に住んでいるとの話だ。

駐屯所は煉瓦造《れんがづく》りの壁《かべ》に囲まれ、中がどうなっているか窺《うかが》い知ることはできない。入り口には兵士が立っていて、出入りする人間をチェックしている。軍の関係者以外はこの警備兵に追い払われてしまうので、近づくことすらできないと聞いている。

そのためロイスリーネはカインの後ろについて門の中に入る時かなり緊張《きんちょう》したのだが、彼の言っていた通り一瞥《いちべつ》されただけで咎《とが》められることはなかった。

――こんな簡単に部外者が入れるなんて。もしかしてカインさんって軍の中でもかなり偉い人なのかしら？

思えば彼は「俺の執務室」と言っていた。個人の執務室が与《あた》えられるくらいだ。軍の中でもかなり上の地位にあると見ていいだろう。

――この若さで上位にいるってことは、もしかしてカインさんは貴族出身なの？

貴族出身だったら、王妃の顔を見る機会もあるかもしれない。

なんとなくだが、ロイスリーネはもしカインと王妃として相対したら、どれほど着飾《きかざ》ろうともすぐに「リーネ」だとバレてしまうような気がした。

それはマズイ。まだ正体を明かすわけにはいかないのだ。

「どうした？　こっちだよ」

カインの身分について考えているうちに、つい足が重くなっていたらしい。少し離れたところでカインが足を止め、振《ふ》り返《かえ》ってこちらを見ている。

「あ、はい。すみません」

ロイスリーネは慌《あわ》てて小走りでカインに近づき、おずおずと尋ねた。

「あの、カインさんは偉《えら》い人なんですか？」

尋ねられたカインは目を丸くした。

「どうしたのいきなり？　いや、俺の位などたいして高くないよ。もっと上の人間はごまんといる」

「で、でもその若さで、階級持っているなんてなかなかないですよね。もしかしてカインさんって、貴族……なんですか？」

息を呑《の》んで答えを待つと、カインは笑いながら首を横に振った。

「いや、違うよ。田舎《いなか》の子爵家《ししやくけ》出身だから、親と兄は貴族と言えるけど、次男の俺は貴族じゃない。爵位《しやくい》なんて持っていないからね」

確かに正式な貴族と言えるのは爵位を持っている者だけだ。長男以外は成人したら家を出て自立しなければならない。親のコネで文官《ぶんかん》として王宮に就職したり、身を立てるため軍に入る人も多い。

「軍には父親の友人の推薦《すいせん》で入ったんだ。そう、コネというやつだ。おかげでたいした手《て》柄も立てていないのに、周りが色を付けて名前だけの階級が与えられた。だから本当はちっともすごくないんだ。ただ、推薦した人がすごすぎただけ」

カインはさらりと「親の友人というのがベルハイン将軍《しょうぐん》でね」と付け加えてから、言葉を続けた。

「このことは、『緑葉亭』の女将《おかみ》や顔なじみ客も知っているよ。軍に入ったばかりの頃から通《かよ》っているからね。十六歳《さい》の若造だったから……。おかげで当時からの顔見知りには未《いま》だに坊や扱《あつか》いされている」

「立派な軍人さんなのに、どうして『カイン坊や』と呼ばれているのか、少し疑問だったんです。なるほど、謎《なぞ》が解けました」

言いながらロイスリーネは心の中で安堵《あんど》していた。ベルハイン将軍の知己《ちき》だというのには驚いたが、子爵家の次男であれば「ロイスリーネ王妃」と話す機会などまずないだろう。

――よかった。今の関係を崩《くず》したくないし、ウェイトレスも続けたいもの。

「ここだ」

駐屯所の建物の一つに入ったカインは「第八師団第八部隊付き」というプレートがかかっている部屋の前で足を止めた。

「少し狭《せま》いけど、どうぞ」

執務室と聞いて机に書類が乱雑に積み重なっている光景を思い浮かべていたのだが、カインの部屋はそのイメージとは遠かった。書類もあるが、きちんと整理整頓《せいとん》され、乱雑に置かれているものは何一つない。

「綺麗《きれい》な部屋ですね」

確かに狭いが、カインが言うほどではない。机の他にはソファとローテーブルが置かれていて、壁際《かべぎわ》の本棚《ほんだな》と小さな食器棚《だな》の間には男性の背丈《せたけ》ほどの壁に埋《う》め込まれた姿見まであった。

「王宮の軍本部と行ったり来たりしてるからね。散らかす暇《ひま》がないんだ。リーネ、ここに座《すわ》ってくれ」

「はい」

ローテーブルを挟《はさ》んでソファに向かい合って座ると、カインは真剣《しんけん》な眼差《まなざ》しをロイスリーネに向けた。

「ここなら話の内容を誰かに聞かれる心配はないから安心してほしい。それで、相談っていうのは一体？」

ロイスリーネは背筋を伸《の》ばした。

「あの、とても大変なことを聞いてしまったんです。内容が内容だけにどうしたらいいか分からなくて……」

「大変なこと？」

「はい。あの、私には王宮に幼馴染《おさななじみ》がいるんです。王妃様の侍女をしているエマというロウワン国出身の女性です。昨日、彼女に会いに王宮に行ったのですが……」

ここに来るまでに思いついた設定を口にしながらロイスリーネはカインを窺った。一介《いっかい》の侍女が簡単に友人を招くことができるかどうかは不明だが、これくらいしか平民のリーネが王宮にいても不自然ではない理由が思いつかなかったのだ。

心配になったが、幸いにもカインは特に不審に思わなかったらしい。言葉の止まったロイスリーネに「それで？」と先を促《うなが》してくる。

「あ、それでですね。王宮に入ったのはいいんですが、広くて迷ってしまいまして、あちこちを彷徨《さまよ》い歩いていたら、小さな中庭に出てしまったんです。そこに人が来る気配がしたので見つかったら怒《おこ》られると思い、私は噴水《ふんすい》の陰《かげ》に隠れました。彼らは私に気づかず回廊《かいろう》で立ち話を始めたのですが、その内容が……」

「内容が？」

「……王妃様の暗殺に失敗したという内容だったんです」

口に出したとたん、目の前のカインの雰囲気《ふんいき》が変わった。表情自体は変わらないのに、目の色が水色から青に近い色合いに変化する。

ロイスリーネは慌てて言った。

「し、信じられないかもしれないですが、本当なんです。彼らが話していたのが、今朝、いえ、昨日の話だから昨日の朝、離宮に魔法で暗示をかけた刺客を送ったけど、失敗したという内容だったんです」

「ああ、すまない。疑ったわけじゃないんだ。その話、いや、男たちが話していた内容をもっと詳《くわ》しく教えてくれないか。もしかしたら、俺の仕事に関わることかもしれないんだ」

カインが疑念を抱《いだ》いたわけじゃないと知り、ロイスリーネは心の中で安堵《あんど》の息を吐《は》いた。

――カインさんは私の話を疑っていない。信じようとしてくれてるんだわ。

「はい。カインさん。男たちはこう言ってました」

ロイスリーネは男たちの会話を覚えている限り再現して伝えた。

離宮に張り巡らされた結界のことや、刺客が捕まっても自分たちにたどり着くことはできないと豪語《ごうご》していたこと。彼らの背後に「主《あるじ》」と呼ばれる人物がいるらしいこと。そして、彼らがロイスリーネの暗殺を諦《あきら》めていないことを。

話を聞いたカインは顎《あご》に手を当てて黙《だま》り込んだ。今聞いた話を思い返してじっと何かを考えているようだった。

しばらくすると、カインは顔を上げてロイスリーネを見る。

「君はその男たちの顔は見なかったと言うが、声を聞けば分かるかい？」

「分かります。今も耳に残っていますから。顔を見なくても声を聞けばあの時の男だと分かると思います」

ロイスリーネの返事を聞いてカインは頷き、何かを決心したような表情で口を開いた。

「リーネ。今から話すことは重要機密で、軍の中でもごく一部の者しか知らないことだ。君も他言しないようにしてほしい。……実は、半年前からずっと王妃は命を狙われ続けているんだ」

「――え？　半年前から、ずっと……？」

衝撃《しょうげき》を受けると同時に、やはりという思いが頭をよぎった。

――やっぱりエマの言っていたように、私の命が狙われたのは昨日の朝だけではなかったんだわ。

「ああ、半年前、結婚《けっこん》したその日の夜からだ。国王夫妻は慣例通りに祝賀会を途中《とちゅう》で退席し、初夜を迎えるはずだった。だが、その直前に、クライムハイツ伯爵《はくしゃく》の養女が住む西側の離宮に賊《ぞく》が侵入したという一報が入った。けれどそれは陽動《ようどう》で、本当の狙いは王妃の命だった」

やや遅《おく》れてロイスリーネは、西の離宮に住むクライムハイツ伯爵の養女というのが、ミレイのことだと気づく。

――ミレイ様も狙われたというの？

「どうやら陛下や兵士たちの注意を西の離宮に引きつけておいて、本宮にいる王妃の命を狙うつもりだったようだ。だが、陛下はその罠《わな》に引っかかることはなく、刺客が王妃の部屋にたどり着く前に捕《とら》えることができた。この件は秘密裏《ひみつり》に処理されて、公表《ひ》はされていない。当時は国王の結婚式《けっこんしき》に参列するために諸外国から賓客《ひんかく》が大勢訪《おとず》れていたからね。下手《へた》に騒ぎにするわけにはいかなかった。もちろん王妃にも、命が狙われたことは伝えられていない」

――いや、いや、そういう重要なことは教えてよ！

喉《のど》まで出かかった言葉をロイスリーネは必死に呑み込んだ。

「その後も執拗《しつよう》に王妃への襲撃《しゅうげき》は続いた。刺客だけじゃない。料理に毒を仕込まれたこともあるし、王妃宛《あて》の贈《おく》り物《もの》の中に毒虫が紛《まぎ》れ込んでいたこともある。事態を重く見た陛下は王妃を離宮に移して、厳重に警護をさせた。本宮だと人の出入りも多く、完全に刺客の侵入を防ぐことは難しいからね」

「……知らなかったわ」

ロイスリーネはそんな事情があるとはまったく知らなかった。そもそも命が狙われていたことにも気づいていなかった。

「だから言っただろう？　一部の人間しか知らされていないことだって。王妃が今いる離宮は本宮からそれほど離れておらず、軍の本部からも近い。何かあればすぐに駆《か》けつけることができる。魔法使いたちにも結界を張らせているし、あそこに出入りできるのは厳選された人間だけだ。これならさすがに相手も諦めるだろうと俺たちは考えた。だが、その後も期間を開けつつ襲撃や暗殺未遂《みすい》が続いている。今のところ運よく全部水際《みずぎわ》で防げているけど、この先はどうなるか」

「刺客とか毒を盛ったりした人は捕まえたのですよね？　それでも首謀者《しゅぼうしゃ》は分からないんですか？」

とたんにカインは難しい表情になった。

「ああ。君が聞いたように、下手人《げしゅにん》は捕まえることができても、暗殺を命《めい》じた真犯人までは分からずじまいなんだ。何人もの人間を仲介《ちゅうかい》して依頼《いらい》しているようでね。大元にたどり着く前に証拠《しょうこ》が途切《とぎ》れていたり、犯人を知っていそうな者の存在自体が消されていることもある。今日も王都の下町のゴミ箱の中から、魔法使いの遺体《いたい》が見つかった。離宮で働いている料理長の助手に魔法をかけたと目《もく》されているモグリの魔法使いだ。要するにトカゲの尻尾《しっぽ》きりというやつだな」

「なんていうこと……」

ロイスリーネは唇を噛みしめる。

確かにあの男が豪語《ごうご》していた通りだ。探られないようにうまく立ち回っているのだろう。

「俺の所属する部隊は情報部でね。この半年間、陛下の命令で、王妃の命を狙っている犯人を密《ひそ》かに捜《さが》していた」

「カインさんは情報部の方だったのですね」

なんとなく納得《なっとく》できる。王宮と駐屯所を行き来していたのも、情報を集めるためだったのだろう。

「残念ながら王妃を狙う真犯人にまでたどり着けないでいるがね。だけどどうやら、ここにきて重要な手がかりを見つけたようだ。それは君だよ、リーネ」

カインはロイスリーネを見やって不敵《ふてき》に笑う。ロイスリーネはきょとんとした。

「私、ですか？」

「君が聞いたのは直接真犯人に繋《つな》がっている者たちの会話だ。君が声の主《ぬし》を確定できれば、犯人への重要な手がかりになる」

「あ、そ、そうですよね！」

ロイスリーネ自身、そのつもりだったのだ。声から男たちを特定して、犯人まで行きつくこと。その先のことは考えていなかったが、カインにまかせれば万事《ばんじ》うまくいくだろう。

「リーネ、俺たちの捜査《そうさ》に協力してもらえないだろうか。危険がないとは言えないが、できるだけ君の身は守る。王妃のために力を貸して欲しい」

「はい、私でよければ喜んで」

にっこり笑って頷くと、カインはホッとしたような表情になった。

「さっそくだけど、当面は君が迷い込んだ中庭がどこにあるか特定することにしようと思っている」

カインは立ち上がると、執務室の机の引き出しの中から一枚の紙を取り出し、ソファに戻ってきた。ローテーブルに広げられたその紙を見ると、どうやら王宮の全体図のようだった。広大な王宮の敷地《しきち》にあちこちに建物が点在している。王宮自体が一つの街のようなものだ。

一番大きな建物がジークハルトの住む本宮。長い年月の間に増改築を重ねた結果、複雑な形で左右と上下に伸びている。

「連中が話をしていた中庭が特定できれば、ある程度は絞《しぼ》れるだろう。そこの建物に出入りしている者たちを中心に調べればいいのだから。今のようにやみくもに捜すよりずっと合理的だ。だが……この図だけじゃ分からないよな？」

「そうですね。私は具体的に何をすればいいのでしょうか？」

尋ねると、カインはしばし考える仕草をした後、こう言った。

「『緑葉亭』の女将には話をしておくから、ウェイトレスの仕事を一時間早く切り上げて、俺と一緒《いっしょ》に王宮に来てもらえないか？　軍本部に所属する侍女ということにしておくから、俺の遣《つか》いと称《しょう》して王宮をあちこち回って中庭の場所を特定してほしい。もちろんその間の給金は別途《べっと》払う」

「お給金はいりません。王妃様のためですもの」

言いながらロイスリーネが考えていたのは別のことだった。

——王宮を探るのなら、一時間じゃ足りないわね。もう少し長くできないかエマに相談してみよう。カインさんの都合もあるだろうけど、せめて二時間は欲しいわ。

それ以上うろつけば不審人物に思われるかもしれないから、そのくらいが妥当《だとう》ではないだろうか。

「いや、出させてほしい。君に無料奉仕《ほうし》してもらいたいわけじゃないんだ」

カインはどうしてもロイスリーネに給金を払いたいらしい。ここで揉《も》めても時間の無駄なので、ロイスリーネは妥協《だきょう》することにした。

「分かりました。お給金をいただきます。でも、ほんの少しでいいですからね」

——カインさんが真面目な人だというのは知っていたけど、案外頑固《がんこ》なのね。まるで誰かさんみたい。

その誰かさんはロイスリーネが知らない間、ずっと命を守ってくれていたようだ。そのことに感謝はしているが、何も教えてくれないのはいただけない。

「ねぇ、カインさん。離宮にいる王妃様は未《いま》だに自分が命を狙われていることを知らないし、気づいていないんですよね？」

「ああ」

突然《とつぜん》変わった話題に、なぜかカインは身構《みがま》えるような姿勢になった。それを不思議に思いながらも、ロイスリーネは尋ねる。

「どうして陛下は王妃様に伝えないんですか？　自分の命が狙われているのを知っていた方が注意して行動できるじゃないですか」

……どうしてもこのことを聞かずにはいられなかった。

――だって、本人に聞いても絶対答えてくれない気がするんだもの。

カインは少しの間逡巡《しゅんじゅん》すると、明後日《あさって》の方を見ながら口を開いた。

「俺は陛下の考えを聞いたわけじゃないから、はっきりとしたことは分からないが……たぶん、怯《おび》えさせたくないんだと思う」

「王妃様を、怯えさせたくなかった？」

「ああ。だって考えてみてくれ。いつ命を狙われるのか、脅《おびや》かされるのか、四六時中警戒《けいかい》して気を張っていなければならないんだぞ。気をゆるめられない生活が毎日続く。普通なら神経が参ってしまうだろう？　ましてや王妃は遠い外国から嫁《とつ》いできて、心細い思いをしているはずだ。そんな人にどうしてこの国の者が命を執拗に狙っているなんて言える？」

「それは……」

確かにその通りだとロイスリーネも思う。毎日朝から晩まで絶えず警戒しなければならない生活をしていたら、ロイスリーネの図太《ずぶと》い神経を以《もっ》てしても耐《た》えられたか不明だ。

「だろう？　だから陛下は考えたんだ。王妃に気づかれないように守って、犯人を捕まえて解決しよう、と。もちろん、王妃は最後まで気づかないままに、とな。……まぁ、その犯人が捕まえられないので、今こんな状況《じょうきょう》になっているわけだが」

自嘲《じちょう》めいた笑みがカインの顔に刻まれる。

ロイスリーネは何も言えなかった。何も――。ただし、心の中では盛大《せいだい》に夫に向かって喚《わめ》いた。

――陛下のバカ！　分かりづらいのよ、その気遣《きづか》いは！

感謝の念が湧《わ》くというより、むしろ怒鳴《どな》りたい気分になっていた。

地団駄《じだんだ》を踏《ふ》んで叫びたい。知らされなかったことにも文句《もんく》を言いたくてたまらない。……それと同じくらいに自分を蹴飛《けと》ばしたい気持ちだった。

――ああ、私もバカだわ。どうして何も気づかなかったのかしら！　兆候《ちょうこう》はきっとあちこちにあったのよ。

けれど、頑《かたく》なにジークハルトを心から締《し》め出していたせいで、気づくことができなかった。

――今さらどうにもならないわよね。陛下はきっと私が尋ねてもしらを切るだけだと思うし。……いいわ、こうなったら、犯人捕まえて、何もかも解決した後で文句を言ってやる！

謎のやる気が胸の奥《おく》から湧いてくる。

ロイスリーネはソファから立ち上がり、カインの手をぎゅっと握《にぎ》った。

「カインさん！」

「リ、リーネ？」

仰天《ぎょうてん》するカインを無視して、ロイスリーネは鼻息も荒く宣言する。

「私、頑張りますから！　王妃様の命は私たちで守りましょう！」

「そ、そうだな。でもとりあえず、落ち着いてくれないか？」

「王妃様を狙う犯人を捕まえて陛下の前に突き出してやるんです！」

「リーネ、頼《たの》むから落ち着いてくれ！」

拳《こぶし》を握りしめてやる気に満ちているロイスリーネは、カインが戸惑《とまど》っていることにしばらく気づくことはなかった。


駐屯所の門のところで足取りも軽く帰っていくロイスリーネを見送ったカインは、やれやれとため息をつきながら執務室まで戻った。

執務室に入ると、内側から鍵《かぎ》を閉める。これからカインは王宮に戻らなければならないのだ。

けれどカインが向かった先はドアの外ではなく、執務室の中にある本棚と食器棚の間にある大きな姿見だ。壁に埋め込まれた姿見の外側には木で彫《ほ》られた彫刻《ちょうこく》がある。

もしロイスリーネがこの姿見を近くで見ていたら、きっと気づいたに違いない。離宮の寝室《しんしつ》にある隠し扉となっている鏡とよく似ていることを。

木で彫られた模様の一部にカインの指が触《ふ》れた。カチリとかすかな音が響《ひび》く。

姿見の鏡面に手を当てて軽く押すと、動かないはずの姿見が音も立てずに開き、その奥に隠された空間を晒《さら》し出した。

それはまさしく、ロイスリーネの寝室にあるのと同じからくりだ。

カインは隠し扉の中に入って姿見を内側から施錠《せじょう》すると、真っ暗になった空間で手を差し出す。

「≪光《ル》よ、この手《ク》に集え《ス》≫」

唱えたとたん、カインの手のひらの上にはまばゆい光を発する玉のようなものが浮かんだ。光は周囲を明るく照らし出す。ロイスリーネが地下道を進む時に手にしているランプの火とは明るさが段違いだ。

光の玉を翳《かざ》しながら、カインは螺旋《らせん》階段を下りた。地下道に到達《とうたつ》すると、慣れた様子で歩き始める。

ロイスリーネは知る由《よし》もなかったが、カインの進む地下道は彼女がいつも使っている地下道とはまた別の地下道だ。だから決して二人がかち合うことはない。

二十分ほど歩くとカインは側道《そばみち》の一つに入った。先にあるのは再びの螺旋階段だ。階段を上り切り、現われた扉の鍵を開ける。扉の向こうを窺うことなく。

姿見の形をした隠し扉から一歩踏《ふ》み出すと、そこには二人の人物がいた。

一人は国王ジークハルト。もう一人は宰相のカーティスだ。

駐屯所にあるカインの執務室とは比べ物にならないくらいに広くて豪華《ごうか》な執務室で、ジークハルトは大きな机に座っている。一方、カーティスは書類の束を手に机の前に立っていた。

二人の目が一斉にカインに注《そそ》がれる。

「おかえりなさいませ。首尾《しゅび》よくいきましたか？」

カーティスが微笑《ほほえ》み、ジークハルトは安堵したように笑った。そう、笑ったのだ。

「ああ、よかった。ようやくこの書類地獄《じごく》から抜け出せる。まったく、ひどいや。僕《ぼく》に仕事を押しつけて自分は奥方《おくがた》とデートとか。羨《うらや》ましすぎる」

口調も明るく話す様子も、いつものジークハルトとは明らかに異なっている。だがカーティスもカインも気にする様子はない。

「何か変わったことはあったか？」

カインが尋ねると、カーティスが首を横に振った。

「いいえ。今のところは何もありません。離宮も静かなものです」

「そうか……」

「二人とも報告は後にして。先に元の姿に戻ろう。ずっとしかめっ面《つら》をしているのは本当に疲《つか》れるんだよ？」

二人が話す傍《かたわ》らでジークハルトが椅子《いす》から立ち上がり、片耳につけた青い小さなピアスを取り外す。そのとたん、ジークハルトの姿が変わった。

銀髪《ぎんぱつ》に青灰色《せいかいしょく》の瞳《ひとみ》を持つ美貌《びぼう》の王から、明るい金髪《きんぱつ》に水色の目をした愛嬌《あいきょう》のある顔だちへと。

そう。今までジークハルトの姿をしていたのは彼の従者《じゅうしゃ》のエイベルだったのだ。

カインも自分の片耳についている赤いピアスを引き抜いた。すると、その姿がまるで異なった姿に変化していく。

黒髪《くろかみ》から銀色の髪《かみ》へ。水色から、青灰色の目へと。男らしい精悍《せいかん》な顔だちは中性的な美貌へと変わっていった。

ルベイラ国王ジークハルト。カインのもう一つの——いや、本来の姿だ。カインはジークハルトが自由に動くために作られた仮の人物だった。

カインになっている間、従者のエイベルが代役となってジークハルトを演じている。姿は魔法使いの長に作ってもらった魔法のピアスで簡単に変えることができた。

もっとも、ずっと姿を変えられるわけではない。ピアスの魔法はせいぜい半日しか保《も》たないのだ。それでもジークハルトにとって国王の重責《じゆうせき》から解放される貴重な時間だった。

「ああ、やっぱり本来の姿の方がしっくりくるね。ジークもそうだろう?」

国王の身代わりという大役から解放されたエイベルは嬉《うれ》しそうだ。ジークハルトはその言葉を無視して椅子に座ると、ムスッと口を引き結んだ。

「おや、陛下。機嫌《きげん》が悪そうですね」

カーティスが片眉《かたまゆ》をわざとらしく上げる。どうやら面白《おもしろ》がっているらしい。エイベルが含《ふく》み笑《わら》いを浮かべながらカーティスの肩《かた》を叩《たた》いた。

「カーティス、聞いてやるなよ。ジークは王妃様が夫の自分ではなくカインを頼ったのが悔《くや》しいんだ。王妃様にとって常連客に過ぎないカインが自分を差し置いて力になるってのがね。カインもジークもどっちも陛下なのにね」

「……」

まったくその通りだったので、ジークハルトは反論できなかった。そう、彼は気に入らないのだ。ロイスリーネが夫ではなく赤の他人であるはずのカインを頼ったことが。

「王妃様からしたら当然だよね。うん、ジークの自業自得《じごうじとく》だ」

エイベルは笑顔《えがお》でさくっと毒を吐いた。カーティスも頷いて同意する。

「その通りですね。王妃様は半年間も我慢《がまん》を強《し》いられているんですから、陛下を頼れないと思うのは当然でしょう」

二人はジークハルトとは幼馴染《おさななじみ》で、実の兄弟《きょうだい》のように育った。そのため、国王であるはずの彼にも容赦《ようしゃ》がない。

「まぁ、それは今さらですね。さて、報告をお願いします。陛下、王妃様から話は聞き出せましたか？」

カーティスが尋ねると、ジークハルトはしぶしぶ頷いた。

「ああ、やっぱり予想通りだった。彼女は地下道を間違えて王宮内にあるどこかの中庭に出てしまい、そこで犯人にごく近い立場にいる男たちの会話を聞いたらしい。くそっ、そのせいでロイスリーネは自分の命が狙われていることを知ってしまった」

「時間の問題だったかと。いえ、よく半年間も隠し通したと思いますね。運がよかったのでしょうね、運が」

意味ありげにカーティスは呟く。言いたいことは分かるが、ジークハルトはそのほのめかしを無視して、ロイスリーネから聞いた話を二人に説明した。

「そういうわけで、ロイスリーネは男たちを捜すために俺の保護下で動いてもらうことにした。でないと彼女は何をしでかすか分からないからな」

ため息まじりにジークハルトが付け加えると、エイベルがおかしそうに笑った。

「ほんと、王妃様ってあんなに大人しげに見えるくせに、行動力半端《はんぱ》ないよね。普通一国の王女がどれほど暇《ひま》だろうが給仕係《ウエイトレス》なんてしないよ？」

「彼女は……色々な意味で普通じゃないんだ……」

机に頬杖《ほおづえ》をついて、ぐったりとした様子でジークハルトが呟いた。その様子を見てカーティスが忍《しの》び笑いを漏《も》らす。

「そうですね。性格も持っているギフトも並みじゃないですね。いやはや、王妃様が地下道を使ってお忍びされていることも、ウェイトレスをすることも止めずに黙認《もくにん》している陛下も、どうかと思っていたのですが……」

それはそうだろう。ロイスリーネを守るために大勢の兵を配置して魔法使いたちに結界まで張らせているのに、当の本人が結界の外に出て無防備な状態で遊んでいるのだ。普通だったら即刻《そっこく》やめさせるだろう。

けれどジークハルトはロイスリーネの自由にさせている。

「それは……その、ロイスリーネが楽しそうだったから、止めるに忍びなくて……」

明後日の方を見ながらジークハルトはボソボソと答える。

「その配慮《はいりょ》は陰でじゃなくて本人に示すべきだよね。本当ジークってヘタレだよね。ミレイについても説明できないまま半年経《た》っちゃったじゃないか。絶対王妃様は誤解しているし、この半年でさらに拗《こじ》らせていると思うよ。おかげで僕はエマに毎朝冷たい目で見られるし。ああ、ヘタレな主《あるじ》を持ってしまった僕はなんて不幸なんだ！」

エイベルは大げさに嘆《なげ》くフリをする。けれど、本当はまったく堪《こた》えてもいないし、嘆いてなどいない。

「……でもさ、冷たい目をして僕を見るエマも好きなんだよね。あの蔑《さげす》むような目で見られるとゾクゾクするよ。もっともっと虫けらを見るような目で僕を見てほしいなぁ」

思い出したのかエイベルはうっとりと微笑んだ。このエイベルという男は明るく親しみやすい顔の裏にドM属性のSという最悪の性癖《せいへき》を隠しているのだ。

余談だが、エイベルがこの発言をしたのとほぼ同じ頃、少し離れた離宮ではエマが「くしゅん」と小さなくしゃみをしていたという。

「風邪《かぜ》かしら？　リーネ様に移さないようにしないと」

そう呟くエマは、まさか自分がドMな真性ドSにロックオンされているとは夢にも思っていない。

「黙れ、変態」

ジークハルトはエイベルにピシャリと言うと、脱線《だっせん》しかけた話題を元に戻すことにした。

「とにかく、『リーネ』が王宮で自由に動けるように協力してくれ。エイベルは離宮の侍女にロイスリーネのサイズを聞き出して彼女の体型に合う侍女服を用意しろ。カーティスは今後しばらくは午後にロイスリーネの公務《こうむ》を入れないように調整してほしい」

「分かったよ。王妃様のスリーサイズは、後でジークにもこっそり教えてあげるね」

「承知いたしました。午後に公務が入りそうな時はタリス公爵令嬢《こうしゃくれいじょう》に代役を頼みましょう」

　同時にエイベルとカーティスが答えたが、ジークハルトは変態《エイベル》の言葉をまるっと無視した。

「頼んだぞ、カーティス」

「はい。あと、王妃様に付ける『影《かげ》』の守りも増やして王宮に配置しましょう。王妃様はルベイラにとって大切な方です。必ずや守り通さねばなりません。……でなければ、きっと遠くないうちにこの国は呪《のろ》いに沈《しず》んでしまうでしょう」

「そうだな……」

　ジークハルトは目を細める。

　呪い。それは何百年にも渡《わた》ってルベイラを覆う影だ。

「二人とも、今は呪いのことより目の前にある危機の方が先でしょうが！」

　エイベルが明るい口調で会話に割り込んだ。

「呪いのことは焦《あせ》ったって仕方ないよ。王妃様次第《しだい》だもの。僕らは王妃様を執拗に狙う奴《やつ》らから守ることが先決だ。幸いにもその王妃様のおかげで手がかりがつかめたんだ。これを活《い》かさないと」

　変態のくせにたまにいいことを言う——とても失礼なことを考えながら、ジークハルトは頷いた。

「そうだな。偶然とはいえ、ロイスリーネのおかげで半年間膠着《こうちゃく》していた事態が解決に向かうかもしれないんだ。こちらに専念しよう」

「偶然？　いえ、これは必然ですよ」

カーティスがうっすらと笑みを浮かべて言った。

「いつもは迷わない道を間違えて行った先で、犯人たちが話をしていた？　ちょうど隠し扉の外で？　……いいえ、これは偶然とは言いません。必然ですよ。王妃様の持つギフトの性質を考えれば、これはまさしく啓示《けいじ》にほかなりません」

「カーティス」

「半年かけても愛し子《いとご》を害そうとする犯人を捕まえられない私たちに対する神々からの啓示であり忠告でしょう」

「カーティス！　それ以上言うな。言ってはならない」

厳しい口調でジークハルトはカーティスの言葉を制した。

「ロイスリーネのそのギフトのことは我々三人以外には漏らしてはならない重要機密だ。ロイスリーネ本人にも知られるわけにはいかない。それがロウワン国の王妃――『解呪《かいじゅ》の魔女《まじょ》』殿《どの》との約束だ」

とたんにカーティスは真顔になって頭を下げた。

「申し訳ありません。浅慮《せんりょ》でした。ええ、そうですね。漏れたら最後、世界中がたった一人の女性を血眼《ちまなこ》になってほしがるでしょう。どの国もどの神殿《しんでん》も、誰もが王妃様を狙うことになる——戦争が、起こるでしょうね。そしてもしその戦いの最中に王妃様の命が失われでもしたら——この世界は、いいえ、人間は間違いなく神々に見捨てられるでしょう」

カーティスのその言葉は執務室の中で重く響いた。

ジークハルトは戦乱の予感を振り切るように宣言する。

「いや、そんなことにはならない。必ずロイスリーネは守り通す。必ずだ」

第四章 お飾り王妃、犯人捜しをする

カチャ、カチャ。

ダイニングルームでは二人の立てる食器の音だけが響《ひび》いていた。

朝食を共にしているロイスリーネとジークハルトの間に会話はほとんどない。いつもの「昨日はどうだった」のやり取りが終われば話すことがないからだ。

いつもの朝食。いつもの会話。

でもいつもと違《ちが》っていたのはロイスリーネの気持ちだった。

ジークハルトはロイスリーネを怯《おび》えさせないために、何も言わず陰《かげ》で守ってくれていた。カインにその話を聞いてから、前と同じようにジークハルトを見れなくなってしまったのだ。

平民の恋人《こいびと》との仲を続けていくためにロイスリーネを利用している男。妻を離宮《りきゅう》に軟禁《なんきん》して自由を奪《うば》っている男。

ずっとそんなふうに思って、ジークハルトを「名ばかりの夫」以上に見ないようにしていた。

——なのに、ずっと守り通してくれていたなんて、ずるいと思うわ。

ちらりと向かいに座《すわ》るジークハルトを盗《ぬす》み見る。

相変わらず氷の彫像《ちょうぞう》のように整った顔だ。その面《おもて》からは何の感情も読み取ることはできない。

一体あの表情の下で彼《かれ》は何を思っているのだろうか。

毎朝離宮に来るのは単なる義務か、もしくは国民に「王と王妃《おうひ》の仲は悪くない」とアピールするためなのだと思っていたけれど、もしかして違うのかもしれない。

——私の無事を確認《かくにん》しに来ているの？

聞きたいけれど、それはできない。何しろ王妃は何も知らないことになっているのだ。

自分の命が狙われていることをどうやって知ったのか詮索《せんさく》されても困る。

——八方《はっぽう》ふさがりとはこのことね。

やはり、犯人を見つけるのが先決だろう。この問題が解決しない限り何も話せない。

——私の命を守るためにも、陛下《へいか》の重荷を軽くするためにも、頑張《がんば》らないと。

ロイスリーネは決意を新たにした。

二日後、『緑葉亭《りょくようてい》』での仕事を一時間早く切り上げたロイスリーネは、店の外で待っていたカインと合流した。

今日からカインの伝手《つて》で軍本部に所属する侍女《じじょ》として働くことになっている。

「女将《おかみ》には説明しておいたから、大丈夫《だいじょうぶ》だっただろう？」

「はい。途中《とちゅう》で抜《ぬ》けるのは申し訳なかったんですが、大丈夫だから行ってこいって」

いつ何をどう説明したのかは分からないが、カインと話をした次の日にはリグイラに話はついていた。

『早めに上がってカインの手伝いをするんだろう？　店は大丈夫さ。ピークを過ぎればあたし一人で十分回せる。こっちのことは気にせず頑張りな。だけど、無茶はするんじゃないよ』

もしかしたら、リグイラはカインが情報局に所属していることも、彼が今何を追っているかということも、分かっているのかもしれない。

リグイラの許可はあっさり下りたが、反対にカインを手伝うことに難色《なんしょく》を示したのはエマだ。

『王宮に出入りするなんて危険すぎます。リーネ様の顔を知っている人が大勢いるんですよ？　もし王妃だとバレたらどうするんですか？　そもそも、そのカインという男は本当に信用できるのですか？　まだ会って二ヶ月しか経《た》っていない人ですよ？』

エマとしては、自分が会ったこともない相手にロイスリーネを委《ゆだ》ねるのは不安なのだろう。それに面と向かって言わないものの、ロイスリーネに離宮から出ないでほしいとも思っているようだ。

それも当然だろう。今までエマがロイスリーネのお忍《しの》びを許していたのは、命を狙われているなどとは露《つゆ》ほども思っていなかったからだ。以前からずっと狙われていたこと、何度も襲撃《しゅうげき》されていたことを知った今、離宮から出ること自体エマは反対なのだ。

はっきり言わないのは、ロイスリーネの気持ちを慮《おもんぱか》っているだけに過ぎない。

――確かに離宮に籠《こも》っていれば、大勢の兵士が、そして魔法陣《まほうじん》が守ってくれるでしょう。

でも、それはいつまで続くの？

おそらくロイスリーネの命を執拗《しつよう》に狙っている相手が捕《つか》まらない限り続くのだろう。

ずっとずっと命の心配をしなければならない、そんな生活はごめんだ。

偶然《ぐうぜん》にもロイスリーネは犯人を捜す手がかりを得た。だったら、離宮に籠るのではなく、自分の身を自分で守るためにも積極的に動くべきだ。

「向こうの通りに馬車を待機させている。王宮に行く前にこの服に着替えてくれ」

カインはそう言ってロイスリーネに畳《たた》んだ服を差し出した。

「これは……侍女服？」

受け取って広げてみると、どこかで見たことのあるデザインのワンピースだった。ただしロイスリーネの知るものとはリボンの色が違っている。エマや離宮の侍女たちの胸もとを飾っているリボンは白だ。けれど受け取った侍女服には青いリボンがついていた。

「そう。王宮の侍女の服だ。侍女といっても、王宮は広いし、あちこちの部署や部門でも働いてもらっている。総数ではかなりの数になるだろう。そこで、王宮では、リボンの色やエプロンでその侍女の仕事内容や所属する部門が一目で区別できるようになっている。王族や公爵《こうしゃく》などに仕《つか》えている侍女や侍従《じじゅう》は白いリボン、軍本部や軍の施設《しせつ》で働いている侍女は、この青いリボンというようにね」

「なるほど」

王妃の傍仕《そばづか》えだから、エマも離宮の侍女たちも、白いリボンの侍女服を着ているというわけか。普段《ふだん》白色のリボンの侍女しか目にしていないため、ロイスリーネは色分けされていることすら知らなかった。

――たぶん、こんなふうに知らないことなんて山ほどあるんでしょうね。

いかに自分が無知で、何も見えていなかったのかを改めて突《つ》きつけられた気がした。

——お飾り王妃だからなんて言い訳してないで、これからはもっとよく周りを見なくちゃ……。

カインが用意したのは一頭立ての小さな馬車だった。装飾《そうしょく》されておらず、一見どこにでもある馬車のようだが、客車のドアには小さいけれどルベイラ軍のマークがあって、軍所属の馬車であることが見て取れる。

ロイスリーネは客車の中で侍女服に着替えると、カインと共に馬車で王宮に向かった。

王宮の正門から入れるのは国王や国賓《こくひん》、それに高位貴族の馬車だけだ。他は王宮を取り囲む高い柵《さく》に沿って進み、側面にある通用門を使うことになっている。二人を乗せた馬車も東側の通用門に向かう。

軍所属の馬車に乗っているからなのか、それともカインが一緒《いっしょ》に乗っていたからなのかは不明だが、門の前で呼びとめられたものの、門番はロイスリーネを一瞥《いちべつ》しただけで特に気にする様子もなくすんなり通してくれた。

——拍子《ひょうし》抜《ぬ》けするほど簡単だわ。確かに一日に何百人も出入りするであろう巨大《きょだい》な王宮で、一人一人チェックをするのは無理だというのは分かっているけれど……。

「王宮に入るのはとても大変だと思っていたのですが、不安になるくらい簡単ですね」

「普通《ふつう》はもっと厳しくチェックするよ。今日は俺《おれ》が新しい侍女を連れていくとあらかじめ通知してあるから、すんなり通してもらえたんだ。ああ、大丈夫。ちゃんと正規の手続きを経て君を王宮に入れている。だからもし君が不審人物《ふしん》と思われて警備兵に捕まっても、不法侵入《しんにゅう》ではないから安心して。ちゃんと俺に連絡《れんらく》が来るようにしてあるから、すぐに迎《むか》えに行くよ」

「……なんか私が捕まることを前提《ぜんてい》に話をしていません？」

「それを心配しているのかと思って」

「いえ、確かに心配ですけど……」

むしろ心配しているのは、王宮の警備体制のことだ。刺客《しかく》はどうやって王宮に侵入したのだろうと思っていたのだが、身元を保証してくれる者が一緒なら容易《ようい》のようだ。

「ひとまず軍の本部にある俺の執務室《しつむしつ》に行こう。そこが君の活動の拠点《きょてん》となる場所だ」

「はい」

馬車は王宮の東側に立っている大きな建物の前で停《と》まった。

カインは先に降りて、ロイスリーネが馬車を下りるのに手を貸すつもりで手を差し出した。王女という身分のため、ロイスリーネにとって馬車から降りるのに手を借りるのはいつものことだ。今度も何も考えず無意識にカインに手を預けて、馬車を下りようとした。

ハタと我に返ったのはその時だ。

――あら？　確かに女性が馬車を下りるのを手伝うのは紳士《しんし》のマナーだけど、私、今は侍女ということになっているわよね？　自分より身分の高い男性に手助けされるのは侍女としてどうなのかしら？

足を踏《ふ》み出す瞬間《しゅんかん》、そんなことを考えてしまったせいだろうか。ロイスリーネは足台を踏み外してしまった。

ガクンと身体《からだ》が下がる。

「……あっ……」

「おっと！」

地面に転げ落ちそうになったロイスリーネの身体をカインの腕《うで》が抱《だ》きとめる。カインはそのままロイスリーネの腰《こし》に手を回すと、彼女を地面に下ろした。

「大丈夫かい？」

「ご、ごめんなさい、ありがとうございます」

転ばなかったことに感謝しながら顔を上げたロイスリーネは、カインに抱きついているのに気づいてギョッとした。

もちろんこれは単なる事故であり、転びそうなところを抱きとめてもらっただけなのだが、他者からはまるでぴったり抱き合っているように見えるだろう。

一気に顔が赤くなり、頬《ほお》が熱を帯びる。いや、頬どころか顔中が熱くなった。

「す、すみません」

ロイスリーネは慌《あわ》てて身を引いて後ろに下がる。カインの腕はあっさり外れた。彼にとって女性を抱きとめることなど何でもないことなのだろう。

だがロイスリーネは違う。ダンスの時以外、家族以外の男性とこれほど接近したことはない。社交界に正式にデビューする前にジークハルトとの婚約《こんやく》が決まってしまったので、男性と親しく話す機会もないままきてしまったのだ。

――顔が赤いのも慣れていないから。そう、男性に慣れていないからなのっ。

なぜか心の中で言い訳をしていると、カインがにっこり笑った。

「リーネにけががなくてよかった」

――……くっ、だから、慣れていないせいだってば！

「あ、ありがとうございました、カインさん。慌てて下りようとしたせいですかね。私、そそっかしいところがあるし、たまに何も段差がないところで転びそうになることもあるんですよ」

ロイスリーネはなんとか笑《え》みを返しながら答えたが、自分でも何を言っているのかよく分からなかった。

「俺の方も、もっとちゃんと支えられるように気をつけるよ。さて、行こうか。第八師団の部署に案内する。そこが今日から君の職場だ」

「は。はい。お願いします」

歩き始めたカインの後についていく。顔の赤みや、未《いま》だにドキドキと大きく鳴り続ける鼓動《こどう》を抑《おさ》えることに気を取られて、ロイスリーネは先を行くカインが顔を赤く染めて口元を片手で覆《おお》っていることに気づかなかった。

カインはロイスリーネを軍本部にある第八部隊の事務所に案内した。

事務所と言っても、あまり広くはない。王都の東にある駐屯所《ちゆうとんじよ》のカインの執務室より

ほんの少し広い程度だ。

「俺たち第八部隊の主《おも》な仕事は王都での情報収集だ。だから、軍本部ではなく、東の駐屯

所が本来の本拠地《ほんきよち》なんだ。こちらにも一応部屋はあるけど、基本的に、上層部へ報告する

書類を作成するためだけにあるようなものだな。本来なら部隊長か副隊長のどちらかがこ

ちらに常時つめているはずなんだが……」

はぁ、とカインの口から諦《あきら》めたようなため息が漏《も》れる。

「どちらも王宮は堅苦《かたくる》しいから行きたくないと言うんでね。それで俺が代役として管理し

ている。おかげであっちとこっちを行き来する生活だ」

「まぁ、それは大変ですね」

「気は楽だけどね。気ままにやれるし、息抜きに『緑葉亭』にも寄れる。あ、ここに座っ

てくれ。君の仕事の内容を説明するから」

「はい」

ソファを示され、ロイスリーネはカインと向い合わせに座った。

「先日も言ったが、当面は君が男たちの話を聞いた中庭がどこか捜してもらいたいんだ。俺の遣《つか》いとして書類を届けるついでにあちこち回ってみてくれ。もちろん、書類は本物だ。だからもし不審に思われたら、迷子のフリをして道でも尋《たず》ねてごまかせばいい。時間は一時間が限度だな。それ以上うろつくと怪《あや》しまれるから、一時間経ったら書類を届けてこの部屋に戻《もど》ってきてくれ。さっそくだけど、今日はこれを持って行って」

渡《わた》されたのは少し大きめの白い封筒《ふうとう》だった。

「大法官府《だいほうかんふ》のタリス公爵宛《あて》だ」

「……………え？　タ、タリス公爵？」

名前を聞いたとたん、さぁと血の気が引くのを感じた。

なぜなら、大法官府の長官で貴族院の議長も務めるタリス公爵とロイスリーネは、バッチリ面識があったからだ。

――あの方なら、私《リーネ》が王妃であることに気づいてしまうかもしれない。

そう考えて内心で焦《あせ》っていると、カインは笑いながら付け加えた。

「もちろん、直接手渡《てわた》すわけじゃない。大法官府についたら、秘書の誰《だれ》かに渡してカイン・リユーベックからだと言づけるだけでいいんだ」

「そ、そうですか」

よかったと、心の中で安堵《あんど》する。

「大法官府は本宮《ほんぐう》の東棟《とう》にある。行くついでに今日はその周辺を見て回ってくれ」

「はい、分かりました！」

ロイスリーネは元気よく返事をした。

カインに東棟の通用口が見えるところまで案内してもらい、書類を胸に抱《かか》えながら東棟に入る。

「第八師団の使いとして、大法官府に書類を届けるために参りました」

通用口の左右に立っている警備兵にはそう言うだけですんなり通してもらえた。きっと青色のリボンのついたこの侍女服のおかげだろう。

東棟の中に入ったロイスリーネは、さっそく大法官府の部署を捜すふりをして、あちこち見て回った。

カイン——いや、ジークハルトはロイスリーネが東棟の通用口に向かうのを見届けながら、気配を消して待機していた王家直属の『影《かげ》』に「行け」と合図をした。
命令を受けた『影』は音もなくその場から消え、ロイスリーネの後に続いた。彼らはこれから東棟を捜索《そうさく》するロイスリーネを陰で護衛することになっているのだ。『影』たちには彼女の身に危険が及《およ》ぶか、どうにもならない事態になるまでは姿を見せないようにと指示してある。

めったに何かが起こることはないとは思うが、そこはロイスリーネのことだ。何を引き起こすか、いや、何に巻き込まれるか分かったものではない。用心するに越《こ》したことはない。

ジークハルトはロイスリーネが通用口から東棟に入るのを確認すると、止めていた息を吐《は》いた。

後《うし》ろ髪《がみ》を引かれるが、これから国王の執務室に戻らなければならない。本来の仕事を疎《おろそ》かにするわけにはいかないのだ。

——カインでいた方が楽なんだが……。

ため息が零《こぼ》れそうになるが、逃《のが》れるわけにはいかない。ジークハルトを辞《や》めることはできないのだ。

ルベイラ国王ジークハルトは笑わない王だ。いつもムスッとしていて近寄りがたい、孤《こ》高《こう》の王と呼ばれている。

——だって仕方ないだろう? 厳格な王にでもならなければ、この強大な王国を維持《いじ》するのは難しかったのだから。

急死した父王の跡《あと》を継《つ》いで十六歳《さい》で王になった少年に、笑っている余裕《よゆう》などなかった。ルベイラ王家を蝕《むしば》む呪《のろ》いに押しつぶされずに国をまとめるには、己《おのれ》にも他人にも厳しい王にならなければならなかったのだ。

それがいつの間にかジークハルトの素になってしまい、感情が表に出せなくなった。危惧《きぐ》したカーティスとエイベルが「カイン」という存在を作り出して、息抜きの場所を与《あた》えてくれなければ、きっとジークハルトは笑うことを忘れたままだっただろう。

王都の住人たちと接しているうちに、カインの姿なら少しずつ感情を出せるようになった。人と接するのが苦痛ではなくなったし、笑えるようにもなった。

だがそれは「カイン」でいる時だけ。ジークハルトに戻ると、笑うことができなくなる。凍《こお》りついたように表情が動かなくなる。

だから、婚礼《こんれい》の日にロイスリーネにミレイのことを指摘《してき》され、まさかの宣言をされた時に、ジークハルトが驚《おどろ》きを露《あら》わにしたのは、近年稀《まれ》に見ることだった。

日々ロイスリーネと過ごすたびに、ジークハルトは己の動かない表情が少しずつ解《ほぐ》れてきているのを感じている。

――いつかまた、ジークハルトとして昔のように笑えるようになったら、その時は……。

ミレイのことを解決して、ロイスリーネとも本当の夫婦《ふうふ》になりたい。

ジークハルトはそう願っている。

──そのためには目の前のことを一つずつ解決していかなければ。

「後は頼《たの》んだぞ。ロイスリーネが冒険《ぼうけん》を終える頃《ころ》になったら教えてくれ」

残っていたもう一人の『影』に声をかけると、ジークハルトは軍本部の事務所から隠し通路を使って本宮にある国王の執務室に戻った。

「王妃様はどのくらいで中庭の場所を探《さぐ》り当てそうですか？」

カーティスが国王の承認《しょうにん》待ちになっている書類を机に置きながら尋ねる。

「そうだな。まずは庭に隠し通路が繋がっていない東棟から始めたから、早くて五日。遅《おそ》くて一週間くらいだろう」

「そうですね。それくらい歩き回れば、だいたいの位置を覚えるでしょう。その間に我々は北棟に出入りする者たちの洗い出しを少しでも進めておきましょうね。いくらか容疑者を絞《しぼ》り込めればいいんですが、北棟は本宮の中でももっとも国政府の機関が集まっているところで、出入りする者も多い。はっきり言って骨が折れる仕事です」

「焦るな。カーティス」

ジークハルトは書類に目を通し、署名《サイン》を入れていく。

「まだ調査は始まったばかりだ。我々が容疑者を絞り込むのが早いか、ロイスリーネが男たちを見つけるのが早いか。どうなるか分からない。焦っても仕方ない」

「そりゃあ陛下は捜査《そうさ》している間は王妃様とデートできるんだから楽しいでしょうよ」

書類の整理をしながらエイベルが口を挟《はさ》む。

「気の毒なのは王妃様だ。本当はとっくに男たちのいた中庭の場所なんて特定されているのに、今この時も一生懸命《いっしょうけんめい》捜し回ってるなんて」

「ロイスリーネのためを思えばこそだ」

国王であるジークハルトは、王宮に存在する隠し扉《とびら》や通路の場所をすべて把握《はあく》している。本宮の中で中庭に隠し扉が設置されている場所は数か所。だから、ロイスリーネの語った中庭の様子でだいたいの場所は分かっていた。

それなのに、どうしてわざわざロイスリーネに男たちが会話していた中庭を特定させるよう仕向けたかといえば、二つ理由がある。

「ロイスリーネに目的を与えることで、彼女が単独行動を取らないように制限できる」

無駄《むだ》に行動力があるせいで、放っておけば勝手に一人で捜し回り始めるだろう。本来であればジークハルト以外使えないはずの隠し扉と地下道を通って。

それはあまりに危険すぎる。

だから、ジークハルトは彼女の行動をいかに制御《せいぎょ》するかということに頭を悩《なや》ませ――この方法を取ることにしたのだ。あえてロイスリーネに調査させることで、彼女の安全を確保しながら行動を制御することができる。

だがこれはどちらかといえば副次的なもので、ロイスリーネに王宮を探し回らせる意図としてはもう一つの理由の方が大きい。

「もう一つは、王宮内を歩くことによって、部署や通路を覚えることができるからだ。もし何かあって逃《に》げる必要があった場合、建物の内部を知っているのとまるで把握していないのとでは大きな差が出るからな」

ロイスリーネは嫁《とつ》いだ直後の一ヶ月間しか本宮にいなかった。その後は離宮に移され、公務《こうむ》の時にしか立ち寄っていない。公務で使われる場所しか彼女は知らないのだ。

ジークハルトのせいとはいえ、このことは以前から気になっていた。特に魔法で封印されていたはずの隠し扉が彼女の力の前ではまるで無意味だと知って以来、どうにか対策を考えなければと思っていたのだ。

「地下道は曲がり角を一つでも間違《まちが》えると、とんだ所に出てしまう。間違って入り込んだ時に、今自分がどこにいるのか把握することは身の安全を図《はか》るためにも重要だ。だから今回の件はちょうどよかった。中庭を捜す名目であちこち回るうちにロイスリーネは本宮内の通路を自然に覚えることができる。迷子にもならなくなるだろう」

「……ジークってば、それだけ王妃様の安全について配慮《はいりよ》できるのに、どうして本人の前ではヘタレなんだろうね？」

エイベルが残念な子を見るような目をジークハルトに向ける。

「ぐっ……」

本当のことだけにジークハルトは反論できなかった。

「どうしてカインとしてリーネ様を相手にする時はちゃんとできる子なのに、ジークとして王妃様を前にするとああも後手後手《ごてごて》になるのか。僕《ぼく》、不思議でたまらないや」

「惚《ほ》れた弱みというやつですよ、エイベル」

カーティスがにやにや笑いながら口を挟む。

「片思いで、しかも前途多難《ぜんとたなん》ですけどね。でも、カインの口から陛下の真意を聞いて、少しは王妃様に見直していただけたかもしれません。……もっとも、陛下と王妃様の間にはそれ以外の問題が山積みですけど」

「そんなことは分かってる。それよりその書類をさっさとよこせ。時間がもったいない」

じろりと二人を睨《にら》みつけて、ジークハルトは強引《ごういん》にロイスリーネの話題を打ち切った。

だがなおもエイベルは言葉を続ける。

「でもさ、ジーク。いくら王妃様のためとはいえ、何も知らせないまま全部一人で決めてしまおうとするところ、よくないと思うよ。王妃様、ただ守られているのを良しとする性格じゃないでしょ？　きっと怒《おこ》ると思う。いや、もうすでに怒っていると思うね」

「そうですね。エイベルの言う通りです。全部自分で背負おうとするのはあなたの悪い癖《くせ》ですよ、陛下？」

「いいんだ。これで」

彼女に見直してもらおうと思ったわけではない。ジークハルトとしてはロイスリーネに一切の危険を知らせずに解決したかったのだ。

——彼女には何も心配いらない状態で笑っていてほしい。

悪い癖だと言われてもこういう性格なのだから仕方ない。若いとタリス公爵に笑われても、ジークハルトは変われない。だって誓《ちか》ったのだ。六年前に。

——ロイスリーネを、あの奇跡《きせき》の少女を、守ってみせると。

「お疲《つか》れ様《さま》。どうだった？」

「すみません、かなりぐるぐると歩き回ったんですが、あの中庭は見つかりませんでした……」

一時間後、ロイスリーネはしょんぼりとしながら軍本部の事務所に戻ってきた。

カインは優《やさ》しい笑みを浮《う》かべて慰《なぐさ》める。

「まだ初日じゃないか。焦ることはない。本宮は広かっただろう？　一通り見て回るだけでも時間がかかってしまう」

「そうですね。広くて東棟すら全部回りきれませんでした」

大きいとは思っていたが、ここまでとは予想していなかった。本宮だけでもロウワン国の王城の敷地《しきち》がすっぽり入るくらい広いのだ。

簡単に見つけられるとロイスリーネは思っていたのだが、どうやらそれは甘《あま》かったらしい。

「今日はここまでにしよう。また明日、東棟の続きから回ってくれ。『緑葉亭』まで送っていくよ」

「すみません。手間をかけさせて」

「手伝ってもらっているのはこちらの方だ。こんなこと手間でもなんでもない。気にしないでくれ」

なんて優しい人なのだろう。ロイスリーネは感謝の気持ちをこめてカインを見た。

「ありがとうございます。それではお言葉に甘えさせてください」

それから三十分後、馬車で『緑葉亭』に戻ってきた二人は、店の前で別れた。

「じゃあ、また明日迎えにくるよ」

「はい。よろしくお願いします」

遠くなっていく馬車を見送りながら、ロイスリーネは「明日も頑張ろう」と呟《つぶや》いた。

——お世話になっているカインさんのためにも、早く中庭を捜しあてて、男たちの素《す》性《じよう》を突《つ》き止めないとね。

隠れ家に向かうロイスリーネの足取りは軽かった。

ロイスリーネが件《くだん》の中庭を見つけたのは、それから六日後のことだ。

「あった。ここだわ……！」

真ん中にある噴水《ふんすい》も、壁《かべ》の装飾も、あの日見たもので間違いない。ロイスリーネはすぐさま軍本部に戻って、カインに報告をした。

「カインさん！　見つけました！　男たちの会話を聞いた中庭は、北棟の二階の中庭です」

「そうか。ありがとう、よく見つけてくれたね、リーネ」

「思った以上に時間がかかってしまいましたが、ようやく見つけられました！」

嬉《うれ》しくて弾《はず》んだ声で言うと、カインは目を細めて微笑《ほほえ》んだ。

「助かるよ。これからさっそく北棟に出入りする貴族を調べる。引き続きリーネは俺の遣いとして北棟を中心に回って、例の男たちを捜してもらいたいんだが、構わないか？」

「もちろんです。そっちが本命ですもの」

中庭の特定は始まりに過ぎない。これからあの男たちを、声を頼《たよ》りに捜《さが》し出さなければならないのだ。

——本番はこれからだわ。気を引き締めていかないと。

「ひとまず今日はこれで終わりだ。明日からさっそく北棟で犯人捜しを頼む。でも、相手は王妃の命を執拗《しつよう》に狙っている連中だ。中庭を見つける時以上に慎重《しんちょう》に行動してくれ」

「分かっていますって」

「決して無茶してはならない。いいね？」

念を押すように言われて、ロイスリーネは苦笑《くしょう》を浮かべながら頷《うなず》いた。

「はい。無茶はしません」

「なんだかいまいち心配なんだよな……」

「本当です。これでもすごく慎重派なんですよ？」

「それにはどうも同意しかねるな……」

カインは呟きながら困ったように笑っていたが、諦めたのか、手を伸《の》ばしてロイスリーネの頭の上に手を乗せてくしゃっと撫《な》でた。

「まぁ、いいか。とりあえず、よく頑張ったな」

「あ、もう、カインさんったら、髪《かみ》の毛がくしゃくしゃになってしまいますって」

むぅっと口を膨《ふく》らませて抗議《こうぎ》したものの、単なる照《て》れ隠《かく》しに過ぎなかった。それが分かっているのか、カインは笑いながらさらに頭を撫でる。

――もう、私は犬や猫《ねこ》じゃないのに！

睨もうとしたロイスリーネは、ふと、目の前にあるカインの笑顔《えがお》に見覚えがある気がした。……いや、正確に言うならば、六年前の誰かさんの笑顔と重なった気がしたのだ。

けれど脳裏《のうり》に浮かんだ面影《おもかげ》は、カインの手が離《はな》れたことで頭の中から霧散《むさん》してしまう。

ロイスリーネはハッと我に返って抗議する。

「ああ、本当にぐちゃぐちゃです」

「悪い、悪い」

「もう」

悪びれもせずに笑っているカインを睨みつける。けれど、乱れた髪を手でささっと直すロイスリーネの頬は、ほんのり赤く染まっていた。

髪のついでに身なりを整えると、ようやく笑いの治まったカインと一緒に事務所を出る。

その時もロイスリーネの頭には、撫でられた時の感触《かんしょく》が残っていた。

「でね、うーちゃん。ようやく中庭を突き止めることができたのよ」

夜、いつものように寝室《しんしつ》にやってきたうさぎを撫でながら、ロイスリーネは一日の報告をした。うさぎはロイスリーネの膝《ひざ》の上で気持ちよさそうに目を細めている。

「カインさんがね、ご褒美《ほうび》だってケーキを奢《おご》ってくれたの。なんていい人なのかしら。紳士だし、気配りもできるし、とても優しいの。きっと素敵《すてき》な旦那《だんな》様になるわ。カインさんの奥様《おくさま》になる人はきっと幸せね。羨《うらや》ましいわ。……うーちゃん？」

カインを褒《ほ》めちぎっていると、突然《とつぜん》膝の上のうさぎが目を開けて前足で目を覆《おお》うような動作をした。

毛づくろいをするのかと思いきや、前足を顔に当てるだけで洗う動作はしない。どういうわけか恥《は》ずかしがっているようにも見えた。

愛らしさに胸がキュンとなる。

――ああ、ちっちゃなおててがなんて可愛《かわい》らしいの……！

ロイスリーネはうさぎを抱《だ》き上げて、鼻先にチュッとキスをした。

「カインさんも素敵だと思うけど、うーちゃんが一番よ！」

……なぜかうさぎはその後しばらく前足で目を覆ったままだった。

――ロイスリーネがうさぎを愛《め》でているのと同じ頃。

王都のとある屋敷《やしき》の一室で、壁にかかっている大きな肖像画《しょうぞうが》の前にいた男が驚いて振《ふ》り返《かえ》った。

「なんだと？　それは本当か？」

男に報告をしていた忠実な部下が、大きく頷いた。

「はい。我々の雇《やと》った魔法使いが、離宮の下働きから情報を聞き出しました。あくまで噂《うわさ》の域《いき》を出ませんが、もし本当なら、これを利用しない手はないかと」

「にわかには信じられん。王妃が毎日離宮を抜け出しているなどと。あれだけの警備の目をかいくぐってそんなことが可能なのか？　侍女たちが面白《おもしろ》おかしく話を盛っているだけでは？」

男は眉《まゆ》を寄せながら尋ねる。だが、部下は真顔で答えた。

「そうかもしれません。ですが、下働きの者が侍女たちの噂話を集めたところによると、王妃は毎日同じ時間ロウワン国から連れてきた侍女と二人だけで部屋に閉じこもり、決して姿を現わさないし、他の侍女たちも近づけさせないのだと。食事を受け取るのもその侍女だけ。声すらも聞けないそうです。そこで侍女たちは、実は王妃はその時間部屋から外に出て離宮にいないのではないかと思っているそうで」

「ううむ……。いくら何でも信憑性《しんぴょうせい》に欠けるのではないか？　そもそもあの厳重な離宮の警備をすり抜けてどうやって王妃が抜け出せるというのだ」

「そのことなのですが……」

部下はぐいっと身を乗り出した。

「旦那様のお供として本宮に出入りしているうちに小耳に挟んだことがあります。この王宮には、王族だけが知っている脱出路《だっしゅつろ》がいくつも存在すると。旦那様も貴族ですから、そんな話を聞いたことがあるのでは」

「おお、確かに聞いたことがある。まさか、王妃は王族だけが知りうる抜け道を使って……？」

「王妃の住む離宮は隠居《いんきょ》した王太后《おうたいごう》のために建てられた宮殿です。秘密の抜け道があったとしてもおかしくありません」

「では、本当に……？」

「ええ。単なる噂だと一蹴《いっしゅう》するのは時期尚早《しょうそう》かと。もし本当に王妃自らが厳重に守られた離宮の外に出ているというのであれば、これは我々にとって大きな好機《こうき》です」

男は部下の言葉に目を輝《かがや》かせた。

「そうだな。デルタよ。王妃が離宮を抜けてどこに行っているのか、必ず突き止めろ！そして王妃を殺してあの魔女《まじょ》の血筋から陛下をお救いするのだ！」

「御意《ぎょい》にございます」

デルタと呼ばれた部下は主の命令に深々と頭を下げる。

男は壁の肖像画に向き直り、優しい声で語りかけた。

「娘《むすめ》よ。お前の愛した陛下は必ずこの父が助ける。陛下は魔女に騙《だま》され、魔女の娘を娶《めと》ってしまったが、なぁに、あの女が死ねばすぐに目を覚まされるだろう」

「その通りです旦那様。陛下は『解呪《かいじゅ》の魔女』に騙されているだけです」

主の背中に向かって、デルタが声をかける。諭《さと》すように、……そして、唆《そそのか》すように。

「おおかた呪いのことを口実に、陛下に娘を娶るように働きかけたのでしょう。狡猾《こうかつ》な魔女です。……なぜか、六年前から我々の仲間はロウワン国に一歩も入れなくなってしまいましたが、あちらからロウワン国を出て我らの牙城《がじょう》にのこのことやってきてくれたのです。これを利用しない手はありません」

ニタリとデルタの口元が歪《ゆが》む。

「『魔女の系譜《けいふ》』の血脈を神に贄《にえ》として捧《ささ》げるのです。そうすれば我らが神は旦那様の願いを叶《かな》えてくださるでしょう。陛下も呪いから解放されて自由になるのです」

「おお、そうだ。その通りだ。娘よ、もうすぐだ。もうすぐお前は愛する陛下と結ばれるのだ」

男の見上げている肖像画の中では、白いドレスを着た赤毛の少女が笑みを浮かべていた。

第五章

お飾り王妃の危機

「では、エマ。その時カインさんが言ったのはね――」

離宮《りきゅう》に戻《もど》ったロイスリーネは、くすくす笑いながらその日にあった出来事をエマに報告する。

「カインさんがね、別《わか》れ際《ぎわ》に――」

報告が終わり、ロイスリーネがいったん言葉を切ると、エマが何とも言いがたい表情をしながら口を開いた。

「……最近、リーネ様はそのカインという人の話ばかりですね」

エマの指摘《してき》にドキリと胸が鳴った。

「え、そ、そうかしら？」

「はい。以前は『緑葉亭《りよくようてい》』のことばかりでしたが、最近は店の話はあまり出てこず、ずっとカインって方の話ばかりされています」

「そ、それは、店の方はいつもとあまり変わらないから。王宮での出来事が中心になってしまうのは、仕方ないんじゃない？」

「本当にそれだけですか？」

「そ、そうよ」

否定したものの、なんとなくエマの顔を見づらくなって、視線を逸《そ》らしてしまう。エマはそんなロイスリーネを見つめて、思わしげに言った。

「リーネ様はそのカインという人を異性として好ましく思っているのではないでしょうか。……いいえ、リーネ様にははっきりした言葉の方がいいですね。つまり、カインさんに恋《こい》をしているのではないかということです」

「恋⁉」

ロイスリーネはぎょっと目を剝《む》き、それから慌《あわ》てて首を横に振《ふ》った。

「ち、違《ちが》うわよ。私はカインさんに恋なんてしていないわ。そりゃあ、いい人だとは思っているけれど、そもそも、私には夫がいるし」

「名ばかりの夫ですけれどね。いえ、リーネ様、この際夫の有無《うむ》は関係ないですわ。神の前で誓《ちか》った夫がいようと恋に落ちる時は落ちるものですから」

「確かにそうでしょうけど、私は違うわ！」

語気も荒《あら》く答えてから、外に会話が聞こえてしまう可能性を思い出し、ロイスリーネは声を落とした。

「私は恋なんてしている暇《ひま》はないの。それに、祖国《そこく》のためにならないこともしない。だから、私は恋なんてしないわ。……陛下《へいか》にも、カインさんにも」

「リーネ様……」

エマはロイスリーネの手を取ると、両手で優《やさ》しく包み込んだ。

「言い方が悪かったですね、申し訳ありません。リーネ様、私は恋をすることが悪いことだとは思っておりませんし、咎《とが》めるつもりもありません。ただ、心配しているだけなのです。恋をして、リーネ様が傷つくことを」

「私が傷つく？」

「はい。今のリーネ様のお立場では、たとえジークハルト陛下と離婚《りこん》したとしても一介《いっかい》の軍人と結ばれることは難しいでしょう。いつか必ず別れなければならない相手に恋をしたら、リーネ様が傷つくだけ。私はそれを恐《おそ》れているのです」

確かにそうだ。エマに指摘されるまでもなく、カインを好きになったとしてもロイスリーネがその思いを遂《と》げることは不可能なのだ。王妃の立場を下りたとしても、ロイスリーネが王女であることに変わりはないのだから。

カインと結ばれることはないだろう。絶対に。

ロイスリーネは口元に笑《え》みを浮《う》かべて、エマの手を握《にぎ》り返した。

「大丈夫《だいじょうぶ》よ、エマ。本当に、恋をしたわけではないから、私が傷つくことはないわ」

「それに私は不貞《ふてい》を理由に離婚されるわけにはいかないの。祖国にも、家族にも迷惑《めいわく》がかかってしまうもの。心配してくれてありがとう、エマ。だけど大丈夫だから」

笑顔《えがお》で告げるロイスリーネの表情に何を見いだしたのか、エマは一瞬《いっしゅん》だけ痛ましそうに顔を歪《ゆが》めたが、すぐに笑顔をつくって話題を変えた。

「リーネ様……」

「ところでリーネ様。リーネ様が例の中庭を捜《さが》しあててから一週間は経《た》ちますが、その後犯人の捜査《そうさ》の方はどうなったんですか？」

「それが、ずっと北棟《ほくとう》に通ってあの男たちの声を捜しているのだけど、なかなか見つからなくて……」

毎日カインの遣《つか》いとして北棟に赴《おもむ》き、人が話をしているところに近づいて「声」を聞いているものの、あの二人の声にはなかなか巡《めぐ》り会えないでいた。

「もしかして、あの日たまたま何かの用事で北棟の中庭に来ていただけだったのかもしれない。でも、そうだとしても根気よくあそこで捜すしかあてはないわ」

「そうですか……。やはりそう簡単にはいきませんね。そういえば、軍の方でも北棟に出入りする者たちの中から容疑者を絞《しぼ》り込む作業をしているとのお話でしたが、そちらはどうなりました？」

ロイスリーネは残念そうに首を振った。

「そっちもどうやら暗礁《あんしょう》に乗り上げているらしいの。北棟で働く者たちの中で、私が王妃になることに難色《なんしょく》を示した貴族たちを中心に調べているけど、今のところ何も出てこないんですって。カインさんによると、そもそも私を王妃に迎《むか》えることに強固《きょうこ》に反対したのはごく一部の貴族だけだったそうなの。もちろん、そういった者たちは、真っ先に調べたそうだけど、証拠《しょうこ》は出なかったそうよ」

報告の書類に囲まれて、ため息をつきながらカインが言っていたことを思い出す。

『陛下は婚約《こんやく》してから実際に結婚《けっこん》するまでの二年半で、強固に反対していた貴族たちを始末……ゴホン、いや、説得して回ったから、王妃を害そうとするような貴族はもういないのが現状だ。もちろん、現に王妃は命を狙《ねら》われているわけだし、結婚に反対はしなかったものの陰《かげ》で不満に思っている貴族はいるだろう。ただそういった表に現われていない者を洗い出すのは非常に困難でね』

「エマも知っている通り、私が王妃になるのをもろ手を挙げて歓迎《かんげい》した貴族は多いとは言えないわ。でも反対した貴族も思ったほど多くはないそうなの。言われてみれば、確かに値踏《ねぶ》みはされているし、小国の王女ということで侮《あなど》られているけれど、敵意を向けられたことはないものね」

少し考えてからエマも頷《うなず》いた。

「そうですね。リーネ様を遠巻きにしている者がほとんどです。でも、表面上はリーネ様を歓迎している貴族だって本音は分かりません。要するに、この国の貴族全員が容疑者になりえるというわけですね」

「そういうことね」

改めて言われると、必死になって半年間調べても犯人が絞り込めない理由が理解できる。

「……陛下が私を離宮に閉じ込めるもの無理はないわね」

どこに敵がいるかも分からない以上、全員から隠す以外になかったのだ。

──だからと言って、私に何も知らせずにいることに納得《なっとく》したわけではないけれど！

その部分はまだ怒《おこ》っているのだ。

「……それにしても、どうにも動機《どうき》がはっきりしませんね」

エマが眉間《みけん》にしわを寄せて呟《つぶや》く。

「エマ？」

「いえ、リーネ様が王妃になるのに反対だから狙うにしては執拗《しつよう》すぎる気がするのです。露見《ろけん》すれば自分はおろか、一族郎党《いちぞくろうとう》にまで累《るい》が及《およ》ぶようなことを、ただ小国出身の王妃が気に入らないからという理由だけで粘着《ねんちゃく》するとは思えないんですよね。家の存続を重視する貴族だからこそ。だから、それなりの動機があるような気がします。ではどういった感情が動機に結びつくのか、リーネ様は想像つきますか？」

まるで家庭教師のような口調でエマはロイスリーネに質問した。

「動機、動機ねぇ……」

しばし考えてから、ロイスリーネは思いつく限りのことを挙げてみる。

「恨《うら》み、妬《ねた》み、そして権力、かしらね」

「はい。正解です。その三つのうち恨みに関してはあまり考えなくてもいいかもしれません。いくらなんでも、この国に到着《とうちゃく》したばかりのリーネ様が命を狙われるほどの恨みを買っているとは思えませんもの」

確かにそうだ。結婚式《けっこんしき》当日から狙われていたとすると、ロイスリーネが誰《だれ》かに恨まれた揚句《あげく》の犯行だとは思えない。

「このうち一番の動機になりそうなのは権力ですね。リーネ様を王妃とするのに強固に反対していた貴族というのは、おそらく自分の娘《むすめ》を王妃につけたいという野望を抱《いだ》いていたのでしょう。だから陛下に異《い》を唱《とな》え、陛下本人か、もしくはカーティス宰相《さいしょう》あたりに潰《つぶ》されたと見るのがいいでしょう。問題は、表向きは賛成に回った貴族の中にも、娘を王妃にしたいと思っていた者がいたであろうということです」

ロイスリーネは目をパチクリさせてエマを見た。

「エマったら突然《とつぜん》どうしたの？　推理小説でも読んで影響《えいきょう》でもされた？」

今までエマはロイスリーネの話を聞くだけで、この件に関して自分の意見を言うことはなかった。それなのに突然どうしたというのだろうか？

エマはほんのり頬《ほお》を赤くして反論した。

「違います！　でもリーネ様を待つ間、時間だけはたっぷりありましたから、私なりに色々考えてみたのです。幸い私には先入観がありませんから、一度原点に立ち戻って広い視野で見られるのではないかと思いまして」

「先入観がないから？　原点に戻る？」

意味が分からず首を傾《かし》げると、エマは頷いた。

「はい。そのカインという人も、おそらく陛下も、結婚に反対した貴族を中心に調査しているのでしょう。分かりやすく『王妃を狙う動機がある』のはそういう方たちですよね。でも、私やリーネ様にとって以前反対していた、賛成していた人、というのは過去のことですし、よく知らない相手ですから性格も分かりません。つまり、『この人がそんなことをやるはずがない』という先入観がないわけです」

「なるほど。確かにそうね」

「先入観があると、そこにあるはずの真実が見えなくなるものです。今回のこともそうではないでしょうか。そこでリーネ様にお尋《たず》ねしますが、リーネ様がいなくなって一番得をするのは誰だと思いますか？」

「私がいなくなって一番得をする人物？　それって王妃の私がってことよね。私がいなくなれば、次の王妃が選出されることになるから……」

少し考えてから、ロイスリーネは答えた。

「タリス公爵《こうしゃく》のご令嬢《れいじょう》かしら。陛下が私との縁談《えんだん》をまとめるまでは、王妃候補の筆頭《ひっとう》だったらしいから。今も独身でいらっしゃるし婚約者もおられない。私がいなくなれば、きっと彼女《かのじょ》が次の王妃になるでしょうね」

タリス公爵家は先々代国王の甥《おい》で、先代国王とは従兄弟《いとこ》同士にあたる。臣下《しんか》に下ったものの、未《いま》だに準王家の扱《あつか》いだ。現段階でジークハルト以外に王家に男子がいないため、今の当主が王位継承権《けいしょうけん》第一位。彼《かれ》の嫡男《ちゃくなん》が第二位になっている。

そんな公爵家に生まれた令嬢だ。生まれた時からジークハルトと婚約していてもおかしくなかったが、タリス公爵家に権力が集中してしまうという懸念《けねん》もあって、婚約者候補に留《とど》まっていた。

「確かに私がいなくなれば令嬢を王妃にすることができるから、動機がないわけではないのだけど、人を殺そうとするような人には思えないのよね。それが先入観だと言われれば否定はできないけれど……」

ロイスリーネは飄々《ひょうひょう》としてとらえどころがないタリス公爵が少し苦手だったが、顔を合わせることも多いため、他の貴族に比べれば人となりを見る機会がある。

タリス公爵はあまり権力に固執《こしつ》するような性格ではない。だからこそ、大法官府《だいほうかんふ》の長官と貴族院の議長をまかされているのだ。ジークハルトもタリス公爵を頼《たよ》りにしているようで、公務《こうむ》の時に見た感じだと、他の大臣に比べて打ち解けた様子で会話をしている。

――私と顔を合わせるたびに「陛下は家族に恵《めぐ》まれておりませんから、王妃様には期待しているんですよ」と言ってくるのだけは、辟易《へきえき》するけれど。

「……やっぱり公爵は違うと思うのよ。公爵が犯人だなんてあまりにも分かりやすすぎるもの。王妃候補だったら他にもいるし……」

「そうですね。私も陛下が、犯人が公爵である可能性を考えなかったとは思えないので、きちんと調査していると思います。その上でシロだと判断したのであればその通りなのでしょう」

「は？」

あっさり肯定《こうてい》されて、ロイスリーネは梯子《はしご》を外されたような気分になった。

――てっきりエマはタリス公爵が怪《あや》しいと言い張るのかと思ったのに……。

エマはしれっと言う。

「ここまでは前置きです」

「ずいぶん長い前置きね!?」

「そして最後の動機、妬みです。これはとても単純ですね。ジークハルト陛下と結婚してこの国の王妃となったリーネ様に嫉妬《しっと》しているわけです。これは動機の一つである権力と微妙《びみょう》に結びついていて、陛下と少しでも結婚できる可能性のあった女性が陥《おちい》りやすいと思われます」

「王妃候補とその親は陛下と宰相がすでに調べたに違いないと、さっきあなたは言ってなかったかしら？」

「はい。ですから、王妃候補に挙げられた女性の大部分は、調査済みになっているでしょう。でも陛下にとって思いもよらない人物の調査はしていないと思います。私は彼女が一番怪《あや》しいのではないかと思っているのです」

「その彼女とは誰？」

エマはロイスリーネを見つめてはっきりした口調で告げた。

「陛下の恋人《こいびと》の、ミレイ様です」

「……………え？」

「動機の点から言っても一番リーネ様を妬んでいるのはミレイ様でしょう。政略《せいりゃく》結婚とはいえ、恋人が自分以外の人と結婚するんですもの。嫉妬して、排除《はいじょ》したくなるのは当然ではないでしょうか？」

「ちょ、ちょっと待って、エマ！　ミレイ様は平民よ？　王妃になれる身分じゃないわ。私を排除してもまた別の令嬢が王妃になるだけ。私を狙うのは無意味よ」

ロイスリーネは自分でも意外なほど動揺《どうよう》しながら反論する。

「いいえ、リーネ様。理屈《りくつ》ではないのです。嫉妬なのですから」

「た、たとえ嫉妬していたとしても、彼女に私を狙うほどの権力はないわ。それにミレイ様はタリス公爵令嬢のお茶会に招かれた時に、令嬢の取り巻きたちに苛《いじ》められたせいで、人前に出ることができなくなったそうよ？　ずっと離宮に閉じこもっている彼女が、どうやって刺客《しかく》を雇《やと》えると言うの？　一回や二回じゃないのよ？」

エマはしたり顔で頷いた。

「リーネ様が今仰《おっしゃ》ったのと同じようなことを、きっと陛下も思ったことでしょうね。人を怖《こわ》がるミレイ様がリーネ様の命を狙うはずがない、と。でも、それこそ私がさっき言った先入観なのではないでしょうか？」

「それは……」

「リーネ様の命が狙われていたことを知った時から、私はずっとミレイ様が動機の面で一番怪しいと思っておりました。でも陛下たちはミレイ様を疑ってはいらっしゃらないのですよね？　私はそれが不思議でなりません。どう考えたってリーネ様がいなくなって一番喜ぶのはミレイ様でしょうに」

「だからって、離宮に閉じこもっているミレイ様が私を狙うのは不可能でしょう……」

「ミレイ様本人じゃなくても、彼女の養父が雇ったという可能性も考えられます。ミレイ様は王宮に上がる際に体裁《ていさい》を整えるために、陛下の従者《じゅうしゃ》であるエイベル様の家の養女となっております。クライムハイツ伯爵《はくしゃく》は国務大臣の補佐官《ほさかん》をされている方ですから、刺客を雇う権力も財力もあるでしょう」

「確かにそうだけれど……」

「ミレイ様には動機もある。手段もあるのです。『この人がそんなことをやるはずがない』という先入観さえ捨てれば、一番怪しいのはミレイ様ですわ」

ロイスリーネは反論できなかった。

――つじつまは、合うのよね……。

「リーネ様、一度そのカインという人にミレイ様のことを調べてもらってください。調べてはっきりミレイ様ではないと分かれば、私も安心します。毎朝エイベル様を警戒《けいかい》しなくてすむのですから」

「あら。エマったら、陛下に対する態度は軟化《なんか》したのに、エイベルに相変わらず冷たいのは、ミレイ様を疑っていたからだったの？」

そう。エマはジークハルトがロイスリーネのことを守っていると知って以来、彼に対して以前のように冷たい視線を向けることはなくなった。けれど、エイベルには相変わらずの塩対応だったので、どうしてなのかと思っていたのだが。

エマはエイベルの話になるとたんに嫌《いや》そうな顔をした。

「それもありますが、エイベル様に話しかけられると妙《みょう》に背筋が寒くなるのです。虫唾《むしず》が走るといいますか。……あ、でもエイベル様のことが嫌《きら》いだから義妹《いもうと》であるミレイ様を疑っているわけではありませんからね。あくまで私が先入観なしに推測した結果、ミレイ様にいきついただけですから！」

むきになって言うところがますます怪しいとロイスリーネは思う。

先入観なしと言いながら、どうやら多分に「エイベルが嫌い」という先入観が入りまくりの推測だったようだ。

ため息をつきながら視線をエマから逸《そ》らした際、ソファにちょこんと座《すわ》るジェシー人形のお尻《しり》の下に『ミス・アメリアの事件簿《じけんぼ》』というタイトルの本があることに気づいた。確かしばらく前にロウワンでも流行《はや》った推理小説シリーズだ。

没落《ぼつらく》貴族の令嬢であるアメリアと、彼女を秘書として雇った若き豪商《ごうしよう》ケルンが、二人で赴《おもむ》いた先で起こる事件を解決するというストーリーで、ロイスリーネもシリーズ最初の話を読んだことがあった。若いのに少し偏屈《へんくつ》なケルンと闊達《かったつ》なアメリアが推理合戦を繰《く》り広げるのが特徴《とくちょう》だ。

どうやら、暇の解消にと離宮に届けさせた本の中に混じっていて、ロイスリーネを待つ間にエマも読んでいたらしい。

――いきなりエマがらしくない推理など始めるから、一体どうしたのかしらと思ったら、この本に影響されたのね……。

げんなりして、再び大きなため息をつくロイスリーネだった。

「ミレイ様か……」

翌日、『緑葉亭』に出勤するため地下道を歩きながら、ロイスリーネは呟く。

確かにエマの言うことにも一理ある。あまりミレイのことは考えないようにしていたが、ロイスリーネを殺したい動機があるのは確かだ。

ミレイからしてみたら、ロイスリーネは恋人の正妻になった女で、ジークハルトの愛だけを頼りに生活している彼女としては面白《おもしろ》くないだろうし、脅威《きょうい》に思えただろう。

一方、ロイスリーネはミレイに対して恨みはない。けれど、夫の恋人の存在が面白いはずもなく、かと言って嫌うほどの思いもなく、女としての同情の念もあって、「どういう感情を持ったらいいのか分からない相手」に分類されている。

だからなるべく考えないようにしてきたのだ。

これほど相手への感情がはっきりしない原因は明白だ。

「私、ミレイ様と一度も会ったことがないし、見たこともないのよね……」

ジークハルトに言っても会わせてもらえなかったのだ。会う必要はないと言われて。

それも当然かもしれない。どこの世界に妻に愛人を会わせたがる男がいるだろうか。

周囲にいる人間も、ミレイのことはほとんど話題にしないため、ロイスリーネが夫の恋人について知っていることはほんのわずかだ。

人見知りで、ほとんど人前に出てこないこと。出てきてもジークハルトの後ろに隠れるようにしていること。小柄《こがら》で可愛《かわい》い容姿をしているらしいこと。それくらいだ。

そもそも、ミレイの存在を知っている者も王宮限定だ。国民はほとんどその存在を知らないようだった。それほどミレイはジークハルトを気遣《きづか》って王宮の離宮の一つでひっそりと生活しているのだ。

話を聞く限り、王妃の命を狙うほどだいそれたことはしそうにない。

『いいですか、リーネ様。ちゃんとミレイ様を調べるように言ってくださいね！』

エマにはそう念押しされて送り出された。

「はぁ、半年前に王都に来たばかりの『リーネ』がどうしてミレイ様のことを知っているのかとか、カインさんに問いつめられたらどうしようかしら」

ミレイのことを考えないようにしてきたこともあって、どうにも言いづらい。

「もう。これも全部私を狙う犯人のせいだわ」

足早に地下道を歩きながら、ロイスリーネは唇《くちびる》を噛《か》んだ。

いつものように『緑葉亭』を一時間早く出ると、ロイスリーネは迎えに来たカインと一《いっ》緒《しょ》に王宮に向かった。

馬車に揺《ゆ》られている間、どう言おうかとずっと悩《なや》んだものの、結局いい案を思い浮かばないまま、王宮についてしまった。

軍本部の事務所に行き、北棟を出入りする口実の書類を渡《わた》される。

「今日はこれをドネル外務《がいむ》大臣宛《あて》に届けてくれ。依頼《いらい》された移民の追跡《ついせき》調査の件だと言えば、すぐに分かってもらえると思う」

「は、はい。あの……」

話を切り出そうとするものの言いあぐねていると、カインが怪訝《けげん》そうに眉《まゆ》をよせた。

「リーネ、さっきからどうしたんだ？　馬車の中でも何か言いたげにしていたようだし」

「え、えっと」

どうやら馬車にいた時から不審《ふしん》に思われていたようだ。ロイスリーネは覚悟《かくご》を決めた。

「あの……カインさんに調べてもらい人がいるんです。王妃様の件で」

「調べてもらいたい人？　何か男たちについて気づいたことでも？」

「あ、いえ。中庭の男とはまた別件です。その……クライムハイツ家の養女のミレイ様と、その周辺の人を調べてもらいたいんです」

「ミレイ？」

カインはぎょっとしたようにロイスリーネを見た。思った以上の反応を不思議に思いながら、ロイスリーネは説明する。

「すみません、友人のエマから、陛下にはミレイさまという恋人がいると聞いてしまいました。陛下から与《あた》えられた離宮に籠《こも》っているというお話ですが、彼女にも一応王妃様を狙う動機があると思うのです。カインさんたちは王妃様との結婚に反対していた貴族を中心に調べているようですから、ミレイ様の周辺はまだ調査していないのではないかと思いまして、一度きちんと調べてもらいたいのです」

説明している傍《そば》からカインは困ったような顔をしていたが、ロイスリーネが言葉を切ると、どことなく言いづらそうに告げた。

「いや、その……ミレイは犯人ではないのははっきりしているんだ」

「あら。もうすでに調べていたのですね」

「いや、調べてはいないけれど、彼女が王妃を狙った犯人ではないことだけは確かなんだ」

「……なんでです？」

どうして調べていないのに断言できるのか。カインがミレイを疑いもしないでいることに、なぜかショックを受ける。

「どうして犯人じゃないと分かるんですか？　陛下が違うと言ったからですか？」

そのつもりはないのに、ロイスリーネはまるで詰問《きつもん》するような口調でカインに迫《せま》った。

「それとも陛下の側近にクライムハイツ伯爵の縁者《えんじゃ》がいるからですか？」

「待ってくれ、リーネ。それは違う。疑いがあるならもちろん調べる。けれど、彼女に関しては調べる必要がなかったんだ」

「だからどうしてです⁉」

カインがミレイを庇《かば》うことが面白くなくて、ロイスリーネはついつい睨《にら》みつける。カインは困ったような顔をして眉間を寄せていたが、やがて小さくため息をついた。

「これも極秘事項《ごくひじこう》なんだが、君がこれ以上誤解しないために、伝えておきたい。ミレイについて」

「ミレイ様について……」

おうむ返しに呟きながら、ロイスリーネは既視感《きしかん》を覚えていた。今とまったく同じようにミレイについて言いにくそうにしている口元を見たことがあった。

ジークハルトだ。あの時彼もこんなふうに何かロイスリーネに言おうとしていた。ロイスリーネ自身が遮《さえぎ》ってしまったが。

「俺《おれ》たちがミレイを犯人でないと断言するのには理由《わけ》がある。リーネ、実はミレイは――」

「リューベック少佐《しょうさ》。失礼します」

その先の言葉をカインが言おうとした瞬間《しゅんかん》、事務所の扉《とびら》が開いて軍服を着た人物が顔を出した。

「ベルハイン将軍が少佐をお呼びです。すぐに将軍の執務室《しつむしつ》にいらしてください」

「ああ、くそっ。こんな時に」

カインは小さな声で舌打ちすると、立ち上がった。

「分かりました。すぐに行きます。すまないリーネ。すぐには戻れないかもしれないから、この話の続きは帰りにでも。君は書類を持って北棟に向かってくれ」

「分かりました。ではまた後で」

話が中断したのは残念だったが、これぱかりは仕方ないだろう。話の続きは帰りの馬車の中ででも聞かせてもらえばいい。

ロイスリーネも書類を持って立ち上がり、カインと廊下《ろうか》で別れた。

軍の本部を離《はな》れ、慣れた様子で北棟に向かう。

「おや、今日もお使いかい？」

「はい。今日は外務府に書類をお届けにあがりました」

すっかり顔見知りになった警備の兵士と会話をして、通用口から北棟の中へ入る。

あとはいつもと同じだ。なるべく人が多くいる場所をゆっくりと歩き、会話をしている人たちの声に耳をすませる。あの日聞いた男たちの声を捜して、北棟をぐるりと回った。

中庭にも寄って、噴水《ふんすい》を見るふりをして通りかかる人を観察する。

ところが今日に限っては、気もそぞろで調査に身が入らなかった。集中して声を聞かなければならないのに、すぐ気が散ってしまう。

原因は分かっている。カインと、カインが言いかけた言葉だ。

「カインさん、一体何を言いかけたのかしら？」

――どうしてミレイ様が犯人ではないと断言できるのか。極秘情報だというのは一体なんだったのか。ああ、気になってしまう……！

それでもなんとか集中しようとするものの、どうにも身が入らずに、ロイスリーネはとうとう諦《あきら》めた。

――だめね。少し早いけど今日は切り上げて軍本部に戻りましょう。

戻る前に書類を外務府の役人に渡さなければならない。

ロイスリーネは外務府がある北棟の一角へ向かった。

無事に書類を役人に渡し、用件は終わったと安堵《あんど》しながら廊下に出て、例の中庭がある回廊《かいろう》にちょうどさしかかったその時――。

ドンッと身体《からだ》に衝撃《しょうげき》を受ける。

回廊に入ろうとしていたロイスリーネと、回廊を曲がって外務府のある区画に出ようとしていた人物がぶつかってしまったのだ。

「痛っ」

見事廊下に尻《しり》もちをついてしまったロイスリーネは己《おのれ》の失敗に顔をしかめる。ぶつかった拍子《ひょうし》に眼鏡《めがね》がずれ落ちそうになっていた。

「申し訳ありません。きちんと前を見ていませんでした」

立ち上がりながらぶつかった相手に謝罪すると、その相手が言った。

「いや、こちらも注意が足りなかった。すまない」

——この、声……！

間違《まちが》いない。

ロイスリーネは弾《はじ》かれたように顔を上げた。そして男の顔を見て、目を見開く。

——この人は……！

男の顔に見覚えがあった。面識があるとは言えないが、知っていると言えなくもない人物だ。

外交官としてロウワンに駐在《ちゆうざい》していたアーカンツ伯爵の従者。

どうりであの時、どこかで聞いた声のような気がしたわけだ。直接話をしたことはないが、いつもアーカンツ伯爵に付《つ》き添《そ》っていたから、その時に話していた声をなんとなく記《き》憶《おく》していたのだろう。

固まったまま男の顔を見上げていると、怪訝《けげん》に思った従者がロイスリーネの顔を凝視《ぎようし》して、ハッとなった。

「お前……!?」

——マズイ……！

本能が危険を知らせて、ロイスリーネに逃《に》げろと促《うなが》す。ロイスリーネは踵《きびす》を返《かえ》して走り出した。背中に声がかかる。

「待て！」

「どうかしたのですか、デルタ？」

別の男の声が聞こえた。どうやら一人ではなかったらしい。運の悪いことに、ロイスリーネはその男の声にも聞き覚えがあった。この中庭で話をしていたもう一人の男だ。

だが振り返ることはできない。今できるのは一刻も早くこの場から逃げてカインに知らせることだけだ。

ロイスリーネは脇目《わきめ》も振らずに逃げ出した。自分の命を狙う男たちの元から。

「待て！」

「どうかしたのですか、デルタ？」

声を上げたデルタに、部下のラムダが不思議そうに声をかける。デルタは振り返り、にやりと笑った。

「ラムダよ。見つけたぞ。王妃だ。今走っていった女がそうだ。とうとう見つけたぞ」

「なんと……！」

ラムダと呼ばれた男は目を見開いた。

「ラムダ、あの女を気取られないように追え。俺は旦那《だんな》様に報告してくる」

「御意《ぎょい》」

ラムダは音もなくその場から姿を消した。

「ハハハ！　運が向いてきたぞ！　ああ、我《わ》が君《きみ》、もうしばらくの辛抱《しんぼう》です。魔女《まじょ》の系譜《けいふ》の血筋――いや『神々の愛《いと》し子《ご》』を捧《ささ》げれば、我が君は復活なさる！　アーハハハ」

中庭に一人たたずむデルタは、喉《のど》を震《ふる》わせ歓喜《かんき》の声を上げた。


逃げ出したロイスリーネは、軍の本部に向かって走りながら混乱していた。

――私の命を狙っていた男たちは、アーカンツ伯爵の部下だった。だったら、私の命を狙っているのはアーカンツ伯爵なの？

とても信じられなかった。アーカンツ伯爵はロウワンに外交官として赴任《ふにん》していたこともある人物で、嫁《とつ》いできたロイスリーネを温かく歓迎してくれた一人だ。

そんな人物が自分を狙っているとは思いたくない。あの人のよさそうな顔の裏でロイスリーネの命を狙い刺客を送り込んでいたなんて信じたくなかった。

けれど、中庭で話をしていた男があの従者だったのは確かだ。

混乱したままロイスリーネは軍の本部にある情報部第八部隊の事務所に駆《か》け込んだ。

カインは将軍の元から戻っていて、ロイスリーネの慌てた様子に驚《おどろ》いている。

「ロイスリーネ、どうし――」

ぶつかる勢いでカインの元へ駆け寄ったロイスリーネは荒い息を吐《は》きながら言った。

「カインさん、見つけました！　あの男たちを！」

「何だって！」

「回廊で偶然《ぐうぜん》ぶつかって。外務府に所属しているアーカンツ伯爵の従者です。もう一人の男もその従者と一緒にいました！」

「アーカンツ伯爵だと……？」

おそらくロイスリーネと同じくカインにとってもその名前は予想外だったのだろう。声も表情もこれ以上ないほど驚愕《きょうがく》にあふれていた。

「間違いありません。信じられないけど、でも……」

言いながらロイスリーネは昨日のエマの話を思い出していた。

アーカンツ伯爵が犯人だとしたら、エマは完全に間違った推理を披露《ひろう》してくれたことになるが、一点だけ正しいことを言っていた。

――『先入観があるとそこにあるはずの真実が見えなくなる』

その通りだわ、エマ。アーカンツ伯爵に限ってそんなことをするはずがないと思い込んでいた。

カインも同じだろう。ロイスリーネとの結婚に賛成していたアーカンツ伯爵は容疑者のリストに載《の》っていなかったはずだ。

驚愕から素早《すばや》く立ち直ったカインは真顔で頷いた。

「分かった。早急《さっきゅう》に調べさせる。カーティス……宰相にも伝えて、アーカンツ伯爵とその従者たちの身柄《みがら》を確保する。証拠がないから被疑者《ひぎしゃ》としては無理だが、なんとか理由をつけて足止めしよう。その間に調査して証拠を固めなければ」

「はい。お願いします」

ホッと一安心したのもつかの間、思い出したら足が震えた。

「リーネ、大丈夫か？　奴《やつ》らに何かされたか？」

「大丈夫です。ぶつかっただけですから。でも……顔を見られた、いえ、捜査に気づかれたかもしれません」

あの従者はロイスリーネを見て驚いていた。ロイスリーネが彼を知っているように、従者の方もロイスリーネの顔を知っている。

――もしかして王妃《私》だってバレた……？

「気づかれただって？」

とたんにカインは厳しい顔になった。

「リーネ、今日の仕事は終わりだ。今から君を『緑葉亭』に送り届ける。このまま王宮に置いておくのはなんとなくまずい気がするんだ」

「は、はい」

「俺は君を送り届けてすぐに王宮に戻って調査を続ける。『緑葉亭』の女将《おかみ》に頼《たの》んで、店から君の家までは誰かに付き添うようにしてもらうから、安心してほしい」

カインの真剣《しんけん》な表情に、ロイスリーネは頷くしかなかった。

軍本部を出ていつもの馬車で王宮を出る。

「大丈夫だ」

カインは、馬車に揺られながら不安に唇を噛《か》みしめていたロイスリーネの手を握る。

「アーカンツ伯爵はともかく、従者の方は身柄を確保次第《しだい》、すぐに牢屋《ろうや》に入れるように言ってあるから」

「はい……」

アーカンツ伯爵が無関係であることを今は祈《いの》るしかなかった。

『緑葉亭』までロイスリーネを送り届けると、カインは言った。

「じゃあ、リーネ。俺は王宮に戻るよ。明日以降のことはまた改めて伝えるから。女将、リーネのことを頼んだよ」

「ああ、まかせな」

リグイラはふくよかな胸をどんと叩《たた》いて請《う》け負《お》った。

ロイスリーネは急に心配になってカインに声をかけた。

「カインさん、気をつけてね。私が軍所属の侍女《じじょ》だってことはリボンの色でバレているかもしれないから……」

「俺は大丈夫。むしろリーネの方が心配だ。奴らに顔を見られているんだろう？　従者を捕《つか》まえて主《あるじ》とやらの身柄を確保するまで、しばらくは大人しくしておいた方がいい」

「……そうですね」

中庭の男たちの素性《すじょう》がはっきりした時点でロイスリーネにできることは終わってしまった。あとはカインにまかせるしかない。

「何かあったら知らせてくださいね」

「分かった。それじゃあ」

心配そうにロイスリーネを一瞥《いちべつ》してからカインは店を出ていった。

「リーネ、ひとまず座って待ってな。うちの人の手が空《あ》いたらすぐに送るから」

カインが出ていった扉をいつまでも眺《なが》めているロイスリーネに、リグイラが声をかける。

言われるままカウンターの椅子《いす》に腰《こし》かけたロイスリーネだったが、リグイラの言ったことを反芻《はんすう》しているうちにハタッと気づいた。

今の時間、『緑葉亭』は休憩中のため客の姿はないが、だからといって暇なわけではない。夜に店を開けるために、厨房《ちゅうぼう》担当のキーツは仕込みをしている真っ最中だ。

「待ってリグイラさん。私のために仕込みの手を休ませられないわ。私なら大丈夫です。家はすぐそこだから」

「だめだよ、カインも言っていただろう？　一人になるなと。なあに、多少店の開店時間が遅《おく》れたって何でもないよ。気になるのなら、そろそろ常連客の連中がやってくる時間だから、そいつらに頼んであんたを送ってもらうのでもいい」

「え？　まだ開店前ですよね？」

リグイラによると、常連客の何人かは開店前に店にやってくるらしい。

「酒なら料理ができてなくても出せるからね。あいつらは開店前にはもうやってきて酒を飲みながら愚痴《ぐち》を言い合い、料理の準備ができたら飲んでは食うんだよ。ひどい時は閉店間際《まぎわ》まで居座《いすわ》ることがある。まったく仕方のない連中さ」

そう言いながらもリグイラの目は笑っている。

話題にしていたからだろうか。ちょうどいいタイミングでリグイラ曰《いわ》く「仕方のない連中」が扉を開けて入ってきた。

「女将、こんにちは！」

「いつもの安酒頼む」

入ってきたのは常連客のマイクとゲールだ。近くの織物《おりもの》工場で働く二人はいつも一緒に店にやってくる。

二人はロイスリーネの姿に気づくと、目を丸くした。

「リーネちゃんじゃないか」

「こんな時間までリーネちゃんがいるのは珍《めずら》しいな。残業して女将にこき使われたの？」

「マイク、あんた、店からつまみ出されたいのかい？」

すかさずリグイラが凄《すご》みを利《き》かせる。

いつものやり取りに、ロイスリーネはくすっと笑った。

「こんにちは、マイクさん、ゲールさん。いいえ、違いますよ。今日は用事があって早退したんですが、また店に顔を出しに来たところです。マイクさんたちこそ、お仕事お疲《つか》れ様《さま》です」

「リーネちゃんに労《ねぎら》ってもらえるなんて、一日の疲れが吹《ふ》っ飛《と》ぶな」

「だな。リーネちゃんは俺らの天使だからな」

見慣れた常連客と、いつもの会話。安らかで、心温まる光景だった。ロイスリーネにとってはこれが日常だ。

――こうしていると、命が狙われているなんて、信じられない。遠い世界の出来事なんじゃないかとさえ思ってしまう。

「あんたら、暇だろう？　酒を飲む前にリーネを家まで送って行ってほしいんだ。まだ太陽は出てるけど、このくらいの時間になると買い物客目当ての引ったくりも増えてくるしね」

リグイラがマイクとゲールに頼んでいる。ロイスリーネはそれをボーッと聞いていた。

「ああ、お安い御用《ごよう》だ」

「女将とリーネちゃんの頼みとあっちゃ、聞かないわけにはいかないな」

「よし決まりだ。リーネ、こいつらがあんたを送ってくれるってさ」

呼びかけられてハッと我に返ったロイスリーネは、二人にお礼を言って微笑《ほほえ》みかけようとして――固まった。

――ああ、だめだわ。ここで送ってもらったら、この二人は殺されてしまう……。

唐突《とうとつ》にそう思った。

いつものロイスリーネの「勘《かん》」だ。それは他者が聞いたら天啓《てんけい》とも呼べるものだったが、日ごろ小さいものから大きなものまでこの「勘」のお世話になっているロイスリーネに違いは分からない。

確かなのは、ロイスリーネが自分の「直勘」を信じていることだ。

ロイスリーネの前に二つの道が――選択《せんたく》がある。

　このまま送ってもらい、彼らの命を危険に晒すか。もしくは送ってもらわずに自分が危険に飛び込んでいくことになるか。

もちろん選ぶのは後者だ。危険なのがどちらも変わらないのならば、彼らを救う方をロイスリーネは選ぶ。

　急に立ち上がりながらロイスリーネは言った。

「あの、私、送ってもらわなくても大丈夫です！　家はすぐそこですから。走っていけばあっという間ですし！」

「リーネ⁉」

「リグイラさん、マイクさん、ゲールさん。ありがとうございました。それじゃ！」

ロイスリーネはそう言うと店から飛び出した。

「え。ちょっとリーネ、お待ちよ！」

リグイラに呼びかけられたが、ロイスリーネは止まらなかった。止まるわけにはいかなかった。

　勘が告げている。

　――一刻も早く店から離れないと！　このままではリグイラさんやキーツさんまでも巻き込んでしまう。

　カインは詳《くわ》しく語らなかったが、ロイスリーネが狙われていた半年間、おそらく彼女を守るために犠牲《ぎせい》になった人たちがいたはずだ。

毒を盛られたと言った。だったら、毒が入っていると分かったのはなぜ？

刺客を捕まえたと言った。捕まえる間にどのくらいの兵士が死傷したのか？

モグリの魔法使いが、殺されたと言ってたではないか。敵は誰を傷つけようが、死のうが気にしないのだ。だったら、織物工場で働く労働者二人の命や、開店前の店を襲《おそ》って経営者夫婦《ふうふ》を殺すことに躊躇《ちゆうちよ》などするはずがない。

通りを抜《ぬ》けて隠《かく》れ家《が》のある民家に向かって走る。その頃にはもう確実に追われている気配がした。

「早く隠れ家に、地下道に逃げないと……！」

気が急《せ》く。隠れ家に入りさえすれば、何とかなる。追われても地下道に逃げ込めさえすれば撒《ま》く自信がある。

——早く、早く、早く！

……けれど、一歩遅《おそ》かったようだ。角を曲がりひと気のない隠れ家に通じる路地に出たとたん、ロイスリーネは突然現われた黒ずくめの男たちに囲まれていた。おそらく魔法《まほう》を使ったのだろう。

黒ずくめの男たちの中から一人が前に出てくる。

「一緒に来ていただけますかな、ロイスリーネ王妃」

声で分かった。アーカンツ伯爵の従者と一緒にいたもう一人の男だと。

「お断りするわ」

じりじりとロイスリーネを囲む輪が狭《せば》まる。

ロイスリーネは内心冷《ひ》や汗《あせ》をかきながら、隠れ家までの距離《きょり》を目算して男たちの間を突《とっ》破《ぱ》できないか考える。

だが、男から目を離したのがまずかったのだろう。

突然首の後ろに衝撃が走り、それと同時にロイスリーネは目の前が真っ黒に染まるのを感じた。

——そういえばカインさんにミレイ様のことを聞く約束をしていたんだった……。忘れていたわ。失敗した。

意識を失う寸前、考えたのは命の心配でも恐怖《きょうふ》でもなくて、カインとの約束のことだった。

ロイスリーネが黒ずくめの男たちに囲まれるほんの少し前のこと。

「え。ちょっとリーネ、お待ちよ！」

突然走り出したリーネの背中に声をかけたが、彼女は止まることなく店の外に飛び出してしまった。

「あのバカ娘！　危険だって言っただろうが！」

目を吊《つ》り上《あ》げて叫《さけ》ぶと、リグイラは唖然《あぜん》としていた二人を振り返って怒鳴《どな》った。

「マイク！　ゲール！　ぼうっとしてんじゃないよ。追っかけな！」

名指しされた二人はハッとして直立不動のまま敬礼《けいれい》した。これは命令だと本能で察《さっ》したのだ。

「はい、部隊長！」

「今すぐ行きます！」

二人は店を飛び出していった。

「まったく」

忌々《いまいま》しそうに舌打ちをすると、リグイラは厨房に向かう。

「この気配に気づかないとは、カイルもまだまだだねぇ」

リグイラはロイスリーネが店に帰ってきた時から、殺気《さっき》を放ちながら店を窺《うかが》っている集団に気づいていた。その気配が、ロイスリーネが店から出たとたんに離れていったことも。

「あの調子じゃ間に合いそうにないね。でも、何か目的があるようだし、今すぐ命を奪《うば》われることはないだろう」

呟きながら厨房に入ると、料理担当である夫に声をかける。

「あんた。仕込みは中断だよ。別件の仕事が入ったようだからね」

「準備はとっくに終えてるよ」

キーツが厨房から出てくる。けれど彼の格好《かっこう》はいつものエプロン姿ではなく、全身が灰色の服に覆《おお》われていた。出ているのは顔の上半分だけ。

「他の連中にはすでに召集《しょうしゅう》をかけた。陛下の命令を待って出陣《しゅつじん》だ」

キーツはおっとりした性格だとロイスリーネに思われている。けれど、殺気を滲《にじ》ませて厨房に立つ今の彼に穏やかさなど皆無《かいむ》だった。

「うちの店の看板娘《かんばんむすめ》に手を出したんだ。それ相応の礼をしねぇとな」

目に剣呑《けんのん》な光を浮かべてマスクの下で笑う。

「やれやれ、あたしゃ半分引退した気分でいたんだけどね。そうも言っていられないようだ」

リグイラの手にはいつの間にかキーツが身に着けているのと同じ服が握られていた。

「何が引退した気分だ。鏡を見てみろ、戦闘《せんとう》を前に目がギラギラしてるぞ。部隊長」

「その言葉、そっくり返してやるよ、副隊長」

軽口を叩きながら、最恐《さいきょう》の夫婦と恐れられた二人は出陣の時を待った。

一方、ロイスリーネを追ったマイクとゲールの二人は、行き先で蠢《うごめ》く気配に顔をしかめていた。

「俺らの嫌いな連中の気配がするぜ」

「ああ。もしやと思ったが、奴らの仕業《しわざ》のようだな」

「チッ、間に合えばいいが。無事でいてくれよ、リーネちゃん！」

マイクが走る速度を上げ、ゲールもそれについていく。二人の足はありえないほど速かったが、それでも少し遅かったようだ。

曲がり角にさしかかった時には、彼女は黒ずくめの男の腕《うで》に抱《かか》えられ、連れ去られようとしていた。

気絶しているのか、ぐったりと目を閉じている。

不幸中の幸いは、血の匂《にお》いはしないから、まだ殺されてはいないだろうということだけだ。

「チッ、遅かったか！」

舌打ちをすると、マイクはゲールを振り返った。

「俺は奴らを追跡《ついせき》する！　お前は部隊長や陛下に知らせてくれ！　王妃様が攫《さら》われたって

な！」

「分かった、気をつけろよ、マイク！」

二人は慌ただしく別れ、それぞれ別の方向に消えた。

第六章

お飾り王妃とギフトと神の呪い

ジークハルトの執務室《しつむしつ》では、国王に扮《ふん》したエイベルとカーティスが書類の束をひっくり返して該当《がいとう》人物に関しての調査結果を探していた。

カインとエイベルが姿を変える時につけているピアスは対《つい》になっていて、魔法《まほう》による通信機能が搭載《とうさい》されている。

軍本部の事務所でロイスリーネがカインにした報告はエイベルの耳にも入っており、二人は同時に行動を開始したのだ。

「まさかアーカンツ伯爵《はくしゃく》とはね。盲点《もうてん》だったよ!」

エイベルが書類をめくりながら悔《くや》しそうにぼやく。カーティスも書類を探しながら苦虫を嚙《か》み潰《つぶ》したような顔をした。

「ええ。彼《かれ》は陛下《へいか》と王妃《おうひ》様の婚約《こんやく》に反対しなかった。それどころか積極的に賛成に回っていた。だから、容疑者リストには載《の》っていなかったし、北棟《ほくとう》に出入りする者たちの調査でも要注意人物とはみなされず、簡単な調査しか行われませんでした。王妃様が中庭で男たちの声を聞いて捜《さが》さなければ、我々には分からないままだったかもしれません。……あった、これです。彼の従者《じゅうしゃ》たちの調査結果もあります」

カーティスは見つけた書類を机の上に叩《たた》きつけるように並べた。

情報部の各部署が調べた書類には、名前や経歴、それに出身地などが書かれている。けれどアーカンツ伯爵は容疑者リストから外れていたために、簡単な人物調査だけに留《とど》まっていた。従者たちも同様だ。調査内容は本人たちの申告《しんこく》をほぼ写しただけのものである。

従者二人の調査結果に目を通したエイベルが舌打ちをする。

「チッ、この報告書を作成した情報員は無能《むのう》だな。第四部隊あたりか？　いずれにしても減給《げんきゅう》を免《まぬが》れないね。このいかにもな偽名《ぎめい》と適当な経歴を見て追跡《ついせき》調査すらしなかったんだからさ！」

書類に書いてある名前はそれぞれデルタ、ラムダとある。その名前が問題だった。

「夜の神の眷属《けんぞく》の名前じゃないか！　一人だけなら偶然《ぐうぜん》ということもあるけど、二人もいたらおかしいと思うべきだろう⁉」

一方、カーティスはアーカンツ伯爵の調査結果に目を通していた。伯爵は長年外務府《がいむふ》に勤めていて、かつては外交官として各国を回っていた人物だ。経歴もはっきりしており、一見、なんら怪《あや》しい部分はない。

けれど、カーティスは彼の経歴の中で、不自然な部分があるのを発見した。

「おかしいですね。普通《ふつう》、外交官の赴任《ふにん》期間は五年と決まっています。よほどの不祥事《ふしょうじ》でも起こさなければ途中《とちゅう》で交代することはないのに、アーカンツ伯爵がロウワンの外交官をしていた期間は三年。交代理由は書いてありません。その後はライヒルド国の外交官を五年務めた後、ルベイラに帰国している」

「ライヒルド？　従者二人の出身地もライヒルドになっているよ」

エイベルが顔を上げ、従者たちの書類をヒラヒラさせながら言った。

「アーカンツ伯爵に雇《やと》われた時期から逆算《ぎゃくさん》して、伯爵がライヒルドへ外交官として赴任していた際に奴《やつ》らと出会い、従者にしてこの国に連れ返ってきたってことになるね。ライヒルドに問い合わせてみるか。幸いライヒルドの侯爵家《こうしゃくけ》にうちの姉が嫁《とつ》いでいて、義兄《あに》上《うえ》はその手の情報を手に入れられる立場にあるから」

カーティスは大きく頷《うなず》いた。

「それは幸いです。エイベル、魔法通信を使っても構わないので、急いで確認《かくにん》してみてください。私は外務大臣にアーカンツ伯爵の任期について問い合わせてみます。今の時間であれば外務府ではなくこちらの本宮《ほんぐう》にいるでしょうからね」

二人はそれぞれ確認のために席を外し、しばらくして息せき切って戻《もど》ってきた。ちょうど同じタイミングで、ロイスリーネを『緑葉亭《りょくようてい》』に送り届けたカイン——ジークハルトが秘密の通路を使って執務室に帰ってくる。

ジークハルトの姿に戻った彼は、荒《あら》い息を吐《は》いている二人に尋《たず》ねた。

「二人とも汗《あせ》だくだが大丈夫《だいじょうぶ》か？　息が整ってからで構わないから、分かったことを教えてくれ」

「いえ、大丈夫です。ちょうど私たちも確認して戻ってきたところです」

カーティスは調査票に書いてあったことをジークハルトに説明した後、報告を続けた。

「先に私から。私は外務大臣にアーカンツ伯爵がなぜロウワンへの赴任を三年で交代したのか問いただしました。最初、大臣とその補佐官《ほさかん》たちはアーカンツ伯爵を庇《かば》っていましたが、ようやく白状《はくじょう》しましたよ。アーカンツ伯爵には陛下と同い年ほどの娘《むすめ》がいたのですが、ちょうど彼のロウワン赴任が決まった直後に病《やまい》にかかってしまったそうです。未《いま》だに治《ち》療法《りょうほう》が確立されていない病気で、一度発症《はっしょう》すればまずもって治らないと言われています」

「アーカンツ伯爵には娘がいたのか……子はいないのだと思っていた」

「娘はもともと体が弱く、めったに表に出なかったそうですので、周囲には子どもがいないと思われていたそうです。けれど、社交界デビューはしているようですよ。デビュー直後に一度だけ王宮主催《しゆさい》の舞踏会《ぶとうかい》に出席しています。陛下も王太子《おうたいし》時代にその舞踏会に顔を出しているので、すれ違《ちが》うことくらいはあったかもしれませんね」

「舞踏会では何十人もの令嬢《れいじよう》と顔を合わせるんだ。さすがに一人一人は覚えていない」

「でしょうね。話を元に戻しますと、アーカンツ伯爵は一縷《いちる》の望みをかけて娘を赴任先のロウワンに連れていきました。医者に治せないのであれば、魔法や聖女様のお力に頼ろうと思ったようです。ロウワンには多くの魔法使いがいて、かの地のファミリア神殿《しんでん》には病も治癒《ちゆ》できる『癒《いや》しの聖女《せいじょ》』がいましたから。……でも、アーカンツ伯爵の娘は助かりませんでした。癒しの聖女様でも娘の病気を取り除くことはできなかったのです」

『癒しの聖女』か……お会いしたことがあるが、確かに彼女《かのじょ》は強いギフトを持っていた。けれど、治癒魔法もそうだが、『癒し』のギフトとは患者《かんじゃ》本来の治癒力を最大限に引き出す力だからな。命数が尽《つ》きている者を治すことはできない。……そういうことだろう？」

カーティスは頷く。ジークハルト同様、彼も六年前ロウワンに赴《おもむ》いた際に『癒しの聖女』と顔を合わせている。

『癒しの聖女』はロイスリーネの母の親類で、『解呪《かいじゅ》の魔女《まじょ》』とよく似ていた。

「ええ。できるのはせいぜい病気の進行を抑《おさ》えて少しの間命を延《の》ばすことくらいです。アーカンツ伯爵は少しでも娘を生き永らえさせようと神殿に多額の寄付をして、仕事の合間を縫《ぬ》っては神殿に通って聖女様の治療を娘に受けさせていたのです。が、ロウワンに赴任して三年目でとうとう娘は力尽き、帰らぬ人となりました。外務大臣によれば、伯爵はルベイラに一時帰国して、娘の葬儀《そうぎ》をすませたあたりから言動がおかしくなったそうです」

「言動がおかしくなった？」

「頻繁《ひんぱん》に聖女や魔女、魔法使い、それにファミリア神殿を罵《ののし》る言葉を吐くようになったそうです。大臣は娘を失って悲しみのあまりに混乱しているのだろうと思ったそうですが、暴言《ぼうげん》を吐くアーカンツ伯爵をそのままロウワンに戻すわけにはいかず、やむを得ず交代させたと言っていました」

ロウワンは小国といえど、魔法使いやギフト持ちを多く輩出《はいしゅつ》する国だ。かの地に赴《おもむ》く外交官の役割は、王家と友好な関係を保ち、優秀《ゆうしゅう》な魔法使いを勧誘《かんゆう》することだったので、聖女や魔法使いに敵意を抱《いだ》く者を外交官につかせておくわけにはいかなかったのだ。

「本来なら宰相である私や陛下に報告すべき案件ですが、大臣は優秀な部下であるアーカンツ伯爵を庇い、外務府内だけで処理してしまった。……まったく、降格ものですよ。私たちがそれを知っていたなら、アーカンツ伯爵は早々に容疑者リストのトップにいたでしょうからね！」

カーティスは腹立たしそうに吐《は》き捨《す》てた。いつも顔に張り付けている柔和《にゅうわ》な笑顔《えがお》はすっかりどこかにいってしまったようだ。

「それで、その後はどうなったんだ？　書類によるとライヒルドの外交官に着任しているようだが……」

「ええ。大臣はアーカンツ伯爵に半年間の静養を命《めい》じ、落ち着いた頃合いを見計らって彼をライヒルド国の外交官につかせました。あの国は火の神フラウドを信仰《しんこう》しているので、ファミリア神殿の数も少なく、魔法使いもあまりいませんから。アーカンツ伯爵はライヒルドで五年間過ごし、ルベイラに帰国した時にはすっかり元の彼に戻っていたので、大臣も安心したそうですよ。……でも、実際は元の彼に戻ったわけじゃなかった」

エイベルが前に出て口を挟《はさ》んだ。

「ここからは僕《ぼく》の報告だね。僕はライヒルドに嫁いだ姉上と魔法通信で連絡《れんらく》を取った。ちょうどそこに義兄上がいたので、時間と手間が省《はぶ》けたよ。義兄上はデルタとラムダを知っていた。と言ってもあの二人の出身地がライヒルドだったわけじゃない。ライヒルドのお隣《となり》のコールス国で起きた婚約破棄《はき》事件に関わっていた人物として覚えていたんだ」

「あの婚約破棄事件に？」

ジークハルトが目をスッと細めた。

「そう。あの事件にね。陛下も介入《かいにゅう》したから覚えているでしょう？　デルタとラムダはクロイツ派が関わっていたあの事件の関係者で、すんでのところで取り逃《とに》がしてしまった幹部のうちの一人だったんだ」

五年前、コールス国で第二王子による婚約破棄騒動《そうどう》が起こった。男爵家《だんしゃくけ》の養女となった元平民の女性に入れあげた第二王子が、公《おおやけ》の場で婚約者の公爵令嬢《こうしゃくれいじょう》に婚約破棄を言い渡したのだ。

それだけならば他国で起きた小さな事件として記憶《きおく》にも留《とど》めていなかっただろう。けれど、事件はそんなに単純なものではなかった。第二王子とその側近を『魅了《みりょう》の魔法』で骨《ほね》抜《ぬ》きにした男爵家の養女は、クロイツ派の手の者だったのだ。

どうやらクロイツ派は第二王子を傀儡《かいらい》として王位につかせ、コールス国を乗っ取ろうとしていたようだ。

コールス国はルベイラの友好国だ。それに婚約破棄された公爵令嬢はギフト持ちの女性で、ジークハルトの姻戚筋《いんせきすじ》にあたる女性だった。ライヒルドからの要請《ようせい》もあり、ジークハルトは裏で手を貸すことにした。

『影《かげ》』を何人か送り込み、男爵令嬢の嘘《うそ》の証拠《しょうこ》を集め、クロイツ派の拠点《きょてん》をいくつか潰《つぶ》した。

ちなみにライヒルドまで介入することになったのは、傀儡《かいらい》になっていた第二王子が男爵令嬢に唆《そそのか》されて戦争を仕掛けようとしていたからだ。おそらくコールス国を乗っ取った後はライヒルドを侵略《しんりゃく》するつもりだったのだろう。

だがジークハルトの手助けもあり、クロイツ派の企《たくら》みは白日《はくじつ》のもとに晒《さら》された。

結局男爵令嬢は捕《つか》まり、第二王子は廃嫡《はいちゃく》になって幽閉《ゆうへい》された。魅了の魔法で骨抜きにされた側近たちも、貴族の身分を剝奪《はくだつ》されて辺境に飛ばされ、事件は解決した——はずだった。

そこに、一つだけ失敗があったのだ。クロイツ派の拠点を潰して何人かの幹部は捕まえることができたが、ルベイラの介入を察知《さっち》した数人の幹部が事前に逃亡《とうぼう》していたのだ。コ

ール ス国も国をあげて彼らを追ったが、結局見つからなかったという。

「そのままライヒルドに逃げ込んだんだろうね。あるいは今度はライヒルドで何か事を起こそうとしていたのかもしれない。でもライヒルドは義兄上が中心となってクロイツ派の排除《はいじょ》に乗り出しているから、事を起こすのは簡単じゃない。そこでどういった伝手《つて》があったのか分からないけど、外交官だったアーカンツ伯爵に目をつけて接近したんだと思う」

「アーカンツ伯爵は娘を救えなかったことで、聖女や魔女、それに神殿を恨《うら》んでいたから、クロイツ派の考えに簡単に傾倒《けいとう》してしまったのでしょうね」

「クロイツ派が絡《から》んでいたのか……」

ジークハルトは頭の痛い問題だと言いたげに額に手を置いたが、すぐに手を下ろしてカーティスを見た。

「アーカンツ伯爵がロイスリーネを狙《ねら》った犯人だというのはほぼ確定した。だが、なぜ彼女を狙うのかが分からない。ロイスリーネはギフト持ちではないと公表されているんだぞ？」

「王妃様の母君と姉君が『魔女』だからなのかもしれません。あるいは、ロウワン国そのものを憎《にく》んでいるのかもしれませんね……。推測《すいそく》の域《いき》を出ませんが。それはこれからアーカンツ伯爵と従者を捕まえて取り調べれば解明するでしょう」

カーティスの言葉にエイベルが反応した。

「そういえば、兵士にアーカンツ伯爵を捕まえるように命じたけど、まだ連絡がこないよね？　今日、彼が従者二人を連れて王宮に出仕《しゅっし》しているのは確かなのに」

　その言葉が終わるか終わらないかのうちに、執務室の外で慌《あわ》てたような声が聞こえた。

「陛下、宰相閣下《かっか》、大変です！　王宮のどこを捜してもアーカンツ伯爵がおりません！」

　その言葉に三人はハッと顔を見合わせる。

「入室を許可します。詳《くわ》しい報告を」

　エイベルが言った直後、扉《とびら》が開いて軍の制服を身に着けた男性が慌ただしく入ってくる。制服に縫《ぬ》い付けられたエンブレムや階級を現わす星の数から見て、上級将校《しょうこう》だ。国王の前なので、臣下《しんか》の礼を取ろうとした男性を制すると、ジークハルトは先を促《うなが》した。

「礼は不要だ。それよりもアーカンツ伯爵がいないとはどういうことだ？」

「は、はい。宰相閣下のご命令でアーカンツ伯爵の身柄《みがら》を押《お》さえるべく外務府に赴いたのですが、姿が見えませんでした。そこで兵を増員して北棟や東棟などに捜索範囲《そうさくはんい》を広げて本宮をくまなく探したのですが……」

「いなかったのだな。もちろん王宮の門番にはアーカンツ伯爵を通さないように言いつけたのだろう？」

「は、はい。それはすぐに将軍が手配されました。けれど、つい先ごろ東口の門番から連絡がありまして、しばらく前にアーカンツ伯爵の馬車が強引《ごういん》に通ろうとするのを阻止《そし》しようとした門番が、魔法のようなもので攻撃《こうげき》されて強行突破《とっぱ》されたと」

「なんですって⁉　しばらく前とはどのくらい前のことです⁉」

カーティスはつかつかと将校に近づき、襟《えり》をつかんでゆさぶらん勢いで尋ねた。報告にやってきた哀《あわ》れな軍人は青ざめながら途《と》切《ぎ》れ途《と》切《ぎ》れ答える。

「その、も、申し訳ありません。門番は昏倒《こんとう》して、しばらく起きられなかったそうです。東門を通ろうとした商人が、門番が倒《たお》れているのに気づいて介抱《かいほう》し、ようやく動けるようになった時点で連絡が届きました。ですが……報告が届いたのはアーカンツ伯爵が東門を強行突破してだいぶ経《た》った後でして……」

「わー、嫌《いや》な予感がぷんぷんするな。なりふり構わず強行突破ということは……」

エイベルの言葉を継《つ》いで、ジークハルトが血相《けっそう》を変えて立ち上がった。

「まずい、ロイスリーネが危ない！」

その直後のことだ。開け放たれた執務室の扉から突風《とっぷう》のような風が入り込む。書類が執務室の空を舞《ま》い、ジークハルトの髪《かみ》をはためかせた。

そして、開け放たれた扉から入ってきたのは風だけではなかった。

「緊急事態《きんきゅう》だ、カイン坊《ぼう》や」

「だ、誰《だれ》だ⁉」

襟元をつかまれながら、将校がぎょっとした。それも当然だろう。いつの間にか平民の服を身に着けた見知らぬ男が執務室に立っていたのだから。

けれど啞然《あぜん》としているのは将校だけだった。他の三人は彼ほど驚《おどろ》いていない。

ジークハルトは将校に「私の手の者だ。気にするな」と告げると、男に尋ねた。

「ゲール、何があった？」

執務室に現われたのは、『緑葉亭』の常連客の一人、ゲールだった。けれどその顔にいつものヘラヘラした笑みはない。

「リーネちゃんが攫《さら》われた」

「何だと⁉」

「悪い。間に合わなかった。リーフ地区にある隠れ家《かくが》のほんのすぐ手前で攫われた。今、マイクが追っている。相手はクロイツ派の先鋭《せんえい》部隊だ。間違《まちが》いない。あいつらの仲間とはコールス国でずいぶんやり合ったからな」

「やはり、クロイツ派か」

唇《くちびる》を噛みしめると、ジークハルトはようやく襟を放してもらえた将校に命じた。

「王妃が攫われた。今すぐベルハイン将軍に伝えろ」

「え⁉」

「中隊規模の兵を集め、出発準備が整い次第《しだい》、出立しろと。場所は東の大門を出て五キロほど進んだ先――夜の神の神殿跡《あと》だ。将軍ならそう言えばすぐに分かる。最近、神殿跡に出入りする不審《ふしん》な人物を見たという報告を将軍から受けているからな」

「は、はい！　今すぐに伝えてきます！」

事の大きさに気づいた将校は、命令を遂行《すいこう》するべく一目散に執務室から走って出ていった。

ジークハルトは耳にピアスを着けてカインの姿になると、二人を振《ふ》り返《かえ》った。

「カーティス、エイベル。あとは頼《たの》んだ。俺《おれ》はロイスリーネを助けに行ってくる」

「どうせ止めたって行くんだろう？　後のことは僕らにまかせて」

苦笑《くしょう》しながらエイベルが言うと、カーティスも同感だというように頷いた。

「無事に王妃様を救い出して帰ってきてください」

「ああ。もちろんだとも。ゲール、部隊長たちの準備はできているか？」

「今集められるだけの隊員は『緑葉亭』であんたの出陣《しゅつじん》命令を待ってるよ、カイン坊や……じゃなくて、陛下」

ゲールはいつものヘラヘラとした笑いを浮《う》かべる。

「そうか」

耳のピアスに魔力《まりょく》を流し、『緑葉亭』に魔法通信の波長を合わせると、ジークハルトは呼びかけた。

「女将《おかみ》。……いや、部隊長、聞こえるか？」

するとピアスから聞き馴染《なじ》みのある「声」が流れてくる。

【はいよ。聞こえてるよ、カイン。いや、今は陛下と言った方がいいかい？】

「どっちでも構わない。これからロイスリーネを救いに遺跡《いせき》へ向かう。マイクから連絡はあったか？」

【つい今しがた来たよ。やっぱり奴らは夜の神の神殿跡に向かっているらしい。もうそろそろ日が落ちる時刻だ。夜まであそこにいるのはごめんだから、早いところリーネを助け出して戻ってこようじゃないか】

「ああ」

【ほら、さっさと命令をお出しよ、カイン。あたしらは陛下《あんた》の命令がないと出陣できない決まりなんだからさ】

急《せ》かされるように促《うなが》される。ロイスリーネが心配なのも事実だが、出陣したくてうずうずしているのだろう。嬉々《きき》として言葉を待つ『緑葉亭』の面々を思い浮かべて、ジークハルトの口元が弧《こ》を描《えが》いた。

「では、ルベイラ国王ジークハルトが命じる。――第八部隊、出撃《しゆつげき》せよ！」

【ヒャッハー！】

ピアスから複数の奇声《きせい》が上がる。今『緑葉亭』では次々と仲間が出陣しているのだろう。ジークハルトも負けてはいられない。

「俺たちも行ってくる。行くぞゲール」

短くそう告げると、ジークハルトとゲールの姿が一陣《いちじん》の風と共に執務室から消えていた。


夢を見ていた。

少女時代のロイスリーネが誰かと一緒《いっしょ》にロウワンの庭を歩いている。

『ギフトがもしあったら、ですか？』

尋ねられた夢の中のロイスリーネは、コテンと首を傾《かし》げて考えるような仕草をした。そんなロイスリーネの前には少し若い感じのカーティスと、まだ少年といえる年齢《ねんれい》だった頃のジークハルトがいる。

――あれ。これはもしかして六年前の……？

俯瞰《ふかん》してそれらを眺《なが》めていたロイスリーネは、ハッと思い至った。

これは夢ではなくて六年前の記憶なのだと。

――あの時は、確か庭を案内している最中、カーティスに根掘《ねほ》り葉掘《はほ》り聞かれたのだ。

大国の王子とお目付け役の貴族子息《しそく》相手に黙り込んでいてはいけないと、ロイスリーネは尋ねられるまま自分が「期待外れの姫《ひめ》」と陰《かげ》で言われていることまで言ってしまった。

不甲斐《ふがい》なくて落ち込むロイスリーネを、ジークハルトは慰《なぐさ》めてくれた。そんな彼女に、カーティスはさらに質問したのだった。

『もしあなたがギフトを持って生まれていたら、どうしますか？』

残念なことにロイスリーネはその質問に明確に答えられなかった。ロイスリーネはもし自分にギフトがあったらという想像をしたことはあっても、そのギフトで何がしたいかという願いはなかったのだ。

ギフトは神からの贈《おく》り物《もの》。その力は他人のために使われるべきだと分かってはいたが、まだまだ子どもだったロイスリーネには、どういうギフトが欲《ほ》しいという具体的な想像力が欠けていた。人の役に立ちたいという熱意もない。

『私ってだめですね。考えるのは、もう期待外れと言われないですむとか、お兄様やお姉様に私のことで迷惑《めいわく》をかけたり悲しませないですむとか、そういうことばかりです。私がギフトを持たずに生まれてきたのも当然ですね……』

そうしてまた落ち込むロイスリーネを救ったのが、ジークハルトだった。ジークハルトはおずおずと手を伸《の》ばし、ロイスリーネの頭を撫《な》でながら口を開いた。

『人に恩恵《おんけい》を与《あた》えないギフトだって存在する。志《こころざし》があるからギフトを贈《おく》られて生まれてくるわけじゃないんだ。ギフトを持って生まれた人は、その力で何ができるかを自分なりに考えて模索《もさく》し続けている。だからあなたも、自分に合ったやり方で何ができるかを考えればいい』

その言葉はロイスリーネの心に不思議なほどしみわたっていった。

——おかしいわね、私にはギフトなんてないのに、陛下の言葉がとても嬉《うれ》しく感じるなんて。

『それに……ギフトを持っているから幸せになれるわけじゃない。君はそれを知っているはずだ』

『はい……』

ロイスリーネは目を伏《ふ》せる。脳裏《のうり》に姉のリンダローネが浮かんだ。『豊穣《ほうじょう》』のギフトを持っているがために、常に狙われている姉の姿が。

『お姉様はギフトのせいで、いつも危険な目に遭《あ》っています。この間も誘拐《ゆうかい》されそうになったって。でもギフト目当てで誘拐されるならまだいい方です。命を狙ってくる人もいるんですって』

『クロイツ派ですね。一時は絶滅《ぜつめつ》したとも言われていたのに、近年、信者を増やして活動が活発になっていると聞きます』

カーティスが訳知り顔で口を挟んだ。

『はい。お姉様のギフトが諸外国に知《し》れ渡《わた》っていくにしたがって狙われることが多くなりました。お父様が、彼らは普通の民《たみ》を装《よそお》って国に入ってくるから、防ぐ手立てはないと。

今この時にもお姉様を狙ってロウワンに入ってきているかもしれません』

小さなロイスリーネはふうとため息をつく。

『クロイツ派なんて、この国に入ってこれなくなればいいのに――』

そう呟《つぶや》いたとたん、辺りの風景が一変する。月のない夜のようにすべてが闇《やみ》に閉ざされ、中庭は消え、傍《そば》にいたはずのジークハルトとカーティスの姿も消えていた。

それどころか十二歳《さい》の頃のロイスリーネもいない。

誰もいない真っ暗闇の中、くすくすと笑う声が聞こえる。

――いいわ、私たちの可愛《かわい》い子。

――君の願いを叶《かな》えてあげよう。

男とも女ともつかない声を聞きながら、ロイスリーネの意識はゆっくりと闇の中に沈《しず》んでいった。


ロイスリーネは目を覚ました。

意識の浮上《ふじょう》とともに、気を失う前のことを思い出す。

――そうだ。私は隠れ家のすぐ手前のところで黒ずくめの男たちに……。

慌てて頭を起こして、周囲を見回す。

「……ここは、どこ？」

薄暗《うすぐら》い部屋だった。部屋といってもロイスリーネの基準からすれば家屋とは言えない、石でできた空間とも呼ぶべき場所で、しかもその石の状態も相当古いもののようだった。

高い天井《てんじょう》も石でできていて、ボロボロになった円柱が支えている。どことなく神殿のような造りだという印象を持ったのは間違いではなかったらしい。

ロイスリーネが横たわっていたのは、石でできた祭壇《さいだん》のような場所で、一段高くなっており、ぐるりとろうそくの炎《ほのお》に取り囲まれていた。

どうやらこのろうそくのおかげで薄暗くとも周囲のものが見えているようだ。

自分があの黒ずくめの男たちに拉致《らち》されてどのくらいの時間が経ったのだろうか。暗いのは石の部屋にいるからなのか、それとももう外が夜になっているからなのか。

「今、何時かしら……」

呟いた言葉に返事があった。

「まだ一時間ほどしか経っておりませんよ、王妃様」

ビクッと肩《かた》が跳《は》ねる。見回した時に誰もいなかったので一人きりなのかと思ったが、どうやらそうではなかったらしい。

――一人きりで取り残されていた方がましだったけれど……！

聞き覚えのある声に、ロイスリーネは思いっきり顔をしかめながら声のする方向に顔を向けた。

柱の陰から例の黒ずくめの男たちがぞろぞろと現われる。十人はいるだろうか。黒いフードを頭から被《かぶ》り、黒いローブのようなもので全身を覆《おお》っている。

顔は当然ながら見えない。けれど全身黒ずくめの男たちと一緒に現われた三人だけは服装も異なっていたし、素顔《すがお》も晒していた。

そのうちの一人にじっと視線を注ぎながらロイスリーネは立ち上がった。

「……やっぱりあなただったのね、アーカンツ伯爵」

そうでなければいいと思っていた。いや、願っていた。けれど、どうやらロイスリーネの願いは届かなかったらしい。

以前公務《こうむ》に行く際に顔を合わせた時と同じように、宮廷《きゅうてい》服に身を包んだアーカンツ伯爵が笑顔で立っている。その両脇《りょうわき》を固めるのは例の従者の男たちだ。こちらも北棟でぶつかった時とまったく変わらない服装だった。

「ごきげんよう王妃様。このような場所で王妃様をお迎《むか》えできるとは、恐悦至極《きょうえつしごく》にございます」

慇懃《いんぎん》無礼《ぶれい》な口調で言うと、アーカンツ伯爵はわざとらしく頭を下げる。以前廊下《ろうか》で顔を合わせた時とほとんど変わらないやり取りなのに、状況《じょうきょう》はまったく異なっていた。

ロイスリーネはアーカンツ伯爵を睨《にら》みつけながら、尋ねた。

「ここはどこです？　私を攫ってどうしようというの？」

「ほう、さすが王妃様ですね、とても気丈《きじょう》だ。私たちが怖《こわ》くはないのでしょうか？　これからあなたは私たちに殺されるというのに」

「怖くはないわ。私は王妃ですから、震《ふる》えて何もできない令嬢とは違《ちが》います」

嘘だ。なんとか平静を装っているものの、怖くないわけない。現に足元はガクガク震えている。何とも思っていないように振《ふ》る舞《ま》っているだけだ。

けれどどこで弱気を見せればおそらくすぐに殺されてしまうだろう。ロイスリーネは忙《いそが》しく頭を働かせる。

助けは期待できないかもしれない。唯一《ゆいいつ》の希望はカインと、今もロイスリーネの帰りを待っているであろうエマだが、攫われたことに二人が気づくまでには時間がかかるだろう。

――やっぱりなんとか自力で脱出《だっしゅつ》しなければ。皆目《かいもく》見当もつかない場所にいるけれど、なんとなく伯爵が出てきた柱の向こうに出口がある気がする……。

単なる勘《かん》だが、ロイスリーネの勘は外れたことがない。彼らが入ってきた出入り口が当然どこかにあるはずだ。

黒ずくめたちの横を駆《か》け抜《ぬ》ければ、あるいは……。

そのためには時間を稼《かせ》いで、相手を油断させなければならない。ロイスリーネは覚悟《かくご》を決めた。それに、ロイスリーネにはどうしても知りたいことがある。

「……あなた方はどうして私の命を狙うの？」

ロイスリーネは時間を稼ぐため、そして情報を引き出すために尋ねた。

アーカンツ伯爵がこの半年の間ロイスリーネの命を執拗《しつよう》に狙っていた犯人なのは間違いないだろう。けれど、その理由が分からなかった。

──恨み？　妬《ねた》み？　それとも権力？

エマの挙げていた三つの動機《どうき》のどれにもアーカンツ伯爵は当てはまっていない。もちろん、この国に来る前から恨みを買っていたというのなら話は別だが。

「ああ、それはもちろん、国王陛下のためですよ」

腕《うで》を大きく広げながらアーカンツ伯爵は大げさな調子で告げた。

「王妃様、あなたと陛下の結婚《けっこん》は間違っていた。私はそれを正さなければならない。そう思ったからですよ」

「──嘘ね」

ロイスリーネは静かな口調で指摘《してき》した。

「大仰《おおぎょう》に言っているけど、それがあなたの動機ではないわ。真《しん》の理由だと言うのであれば、最初から私と陛下の結婚を反対すればよかったのよ。でもあなたは反対しなかったそうじゃない」

「陛下があなたとの婚約を決めた時、私は外交官としてライヒルドに赴任していて、この国にいなかった。それに、あなたにロウワン国を出ていただく方が都合がよかったので、表向き賛成しただけだ。でなければ、『解呪の魔女』に強要された結婚など、私は許さなかった」

突然《とつぜん》ここで母の通り名が出てきて、ロイスリーネは眉《まゆ》をひそめた。

「お母様が強要した結婚？　まさか。そんなことはありえないわ。どうやってロウワンより規模も国力も上のルベイラの王に結婚を強要できるというの？」

「もちろん、『解呪』を盾《たて》にしたからですよ」

忌々《いまいま》しそうにアーカンツ伯爵は鼻を鳴らす。

「あの小賢《こざか》しい魔女の考えそうなことだ。陛下の呪いを解くことを条件に末王女との結婚を迫《せま》ったに違いない。でなければどうしてロウワンのような小国の王女を王妃に選ぶ？」

「……待って、陛下の呪いって？」

母親が『解呪』を盾にジークハルトに結婚を強要したという話よりも、気になる単語が出てきた。

「陛下が誰かに呪われているというの……？」

――そんな話は聞いていない。お母様からも、カーティスからも、陛下からも！

するとどうだろう、ロイスリーネの質問にアーカンツ伯爵は目を見張り、次に笑い出した。

「ハハハ、王妃様は陛下の呪いのことをご存じないのですね。陛下と結婚して半年も経つのに！」

バカにしたように笑われて、ロイスリーネは下唇《したくちびる》を噛みしめる。

――確かに呪いのことなんて知らされていないわ。だって私はお飾り王妃ですもの！

分かってはいたけれど、何にも教えてもらえなかったことが悔しく思えた。

――もし無事に戻れたら、このことでも陛下に文句《もんく》を言ってやらないと！

ロイスリーネは密《ひそ》かに決心する。

「ならば教えて差し上げましょう」

アーカンツ伯爵は優越感《ゆうえつかん》を滲《にじ》ませながら告げた。

「そうです、陛下は呪いを受けているのです。陛下だけではなく、先代国王陛下もその呪いのせいで命を落としている」

ロイスリーネはハッとなった。ジークハルトの父親である先代国王は、六年前に突然亡《な》くなった。だからこそジークハルトは十六歳という若さで国王の座についたのだ。

――先代国王が突然亡くなったのも、その呪いのせいだったというの？

初めて知る事実に驚きながらも、ロイスリーネは質問を重ねた。

「それは一体どういう呪いで、誰がかけたものなのです？」

「その質問にお答えする前に、王妃様はこの国の建国にまつわる伝説をご存じでしょうか？」

突然変わった話の流れに戸惑《とまど》いながらもロイスリーネは頷く。

「え、ええ。もちろん知っているわ。婚約期間にこの国のことを勉強したから」

「ではルベイラ国が興《おこ》る前、この土地は夜の神を信奉《しんぽう》する亜人《あじん》たちの国だったこともご存じでしょう？」

「もちろん、知っているわ」

ルベイラは長い歴史を持つ国だ。ロウワンよりも古く、建国にまつわる逸話《いつわ》は歴史というより伝説や神話に近い域《いき》になっているが。

今現在この国に住む人たちの祖先はこの土地より北方《ほっぽう》に住んでいたが、北の寒い大地は実りが少なく、困っていた。

そこで彼らは豊かな土地を求めて南下し、亜人の国にたどり着く。亜人はもうその頃から数が少なくなっており、両者はほとんど衝突《しょうとつ》することなく互《たが》いを尊重しながらそれぞれの土地で暮らしていたという。

ところが何代か世代が変わる頃に、その状況は一変する。数の増えすぎた人間が、亜人を迫害《はくがい》し始め、土地を奪《うば》うようになったのだ。各地で衝突が起き、身体能力に優《すぐ》れた亜人でも、数に勝《まさ》る人間により劣勢《れっせい》に立たされるようになる。もともと少なかった亜人はさらに数を減らして絶滅していった。

その状況に激怒《げきど》したのが亜人たちの守護神である「夜の神」だ。夜の神は荒神《あらがみ》となり、夜な夜な人間たちを殺して回ったという。

このままでは人間が滅《ほろ》びてしまうと危惧《きぐ》した人々は新しい神に祈《いの》った。その祈りに応《こた》えたのが大地の女神《めがみ》ファミリアだ。ファミリアは他の神々と協力して夜の神を地中深くに封《ふう》じこめることに成功する。

だが夜の神は強大な力を持つ古き神々の一柱だ。封印され、強制的に眠《ねむ》らされながらも、人間に対する呪詛《じゅそ》を絶えずまき散らすようになった。

地上に染《し》み出《で》た神の呪いは強力で、ようやく夜の神の殺戮《さつりく》から逃《のが》れられたと安堵《あんど》していた人間は、瞬《また》く間《ま》に呪い殺されていった。

そんな絶望の中で立ち上がったのが、後の初代国王となった青年ルベイラだ。ファミリアの神託《しんたく》を得た彼は国中にファミリアをたたえる神殿を造り、この国を聖なる結界で覆って呪詛を封《ふう》じ込めた。

「かくして人々は夜の神の呪いから解放され、女神に選ばれし王となったルベイラの血筋が玉座にある限り、夜の神の呪いは二度と民を脅《おびや》かすことはない――。……これが我《わ》が国《くに》では子どもでも知っている建国の伝承です。王妃陛下もそう聞かされたことでしょう。でもこれは半分真実で半分は誤りです。夜の神の呪いは今もなお健在だ」

ロイスリーネは思わず口元を押さえた。

「まさか、陛下の呪いとは――」

「その通り。夜の神の呪いだ。女神ファミリアの力を借りて普段《ふだん》は抑《おさ》え込んでいるが、どうしてもわずかな呪いが地上に染み出してきてしまう。そして残滓《ざんし》に過ぎない呪いであっても長い年月の間に溜《た》まればまた人々に害を及《およ》ぼすようになる。そこで女神ファミリアは、聖なる結界が処理しきれない分の呪いを、ルベイラの血筋である国王と王太子《おうたいし》に集中させるよう仕組みを作ったのだ」

「そんな、それではまるで……」

夜の神への生贄《いけにえ》のようではないか。

あまりのひどさにロイスリーネは言葉を失った。

「本来ならば呪いのことは王族と準王族である公爵家、それに建国当時から存続している侯爵家の当主しか知らされていない。アーカンツ伯爵家は、歴史はそこそこあるが、名門ではなく、私も陛下の秘密を知れるような立場ではなかった。だが、ライヒルドでこの二人と出会い、世界の深淵《しんえん》に触《ふ》れることで、真実を知った。今にして思えば六年前に王太子だった陛下が東国諸国《しょこく》を巡《めぐ》る際、直前にロウワン国を訪問国の一つに加えたのは、『解呪の魔女』に会うためだったのだろう。ところがあの魔女は陛下の呪いを解く条件にあなたとの結婚を強要したのだ！」

最後の方は興奮してきたのか、アーカンツ伯爵の口調は荒くなっていた。ここで何か下手《た》なことを言えば、彼は激昂《げきこう》してロイスリーネを殺そうとするかもしれない。

けれど、ロイスリーネは言わずにいられなかった。

「……それは、違う。あなたは思い違《ちが》いをしているわ」

「何だと⁉」

「私は、あなたよりお母様の持つギフトに詳しい。幼い頃からお母様がギフトを使うところを傍で見ていたのだから当然でしょう。お母様の『解呪』は確かに人が作り上げた呪いを解くことができる。それがギフトで作られた呪いであってもね。でも、お母様が解呪できるのはそこまで。神の呪いや神罰《しんばつ》といった、人ならざるものによる呪いを解くことはできないわ」

『いい？　ロイスリーネ。私のギフトは人がかけた呪いならなんであろうと解くことができるの。でも神の呪いだけはだめ。解こうとしたら呪いを受けている本人も、私自身も危なくなるわ。神の呪いは、絶対に触れてはいけないものなの』

ロイスリーネの母親はよくそう言っていた。

『ギフトは万能《ばんのう》ではないの。リンダローネの豊穣のギフトもずっと効果があるわけではないし、力が及ぶ範囲も限られているわ。でも人々はギフトならば不可能はないと思い込んでしまう。その期待はとても重いものよ。だから私は、娘たちにこんな重荷を背負わせたくはなかった』

悲しそうに母親が呟くのをロイスリーネは何度も聞いてきた。

「もし陛下が本当に神の呪いを受けているのなら、お母様には解けない。だから、解呪とひきかえに私との結婚を強要することはありえないわ」

「ならばなぜ陛下はお前などを王妃に迎えたのだ！　呪いを盾に取られたに決まっているではないか！」

「私に分かるわけないわ。確実に言えるのは、お母様が強要したのではないということよ。それに、さっきから聞いていれば、あなたは本当に陛下のためを思って私を狙ったわけじゃないでしょう。陛下を口実にしているだけ」

「黙《だま》れ、黙れ、黙れ！」

アーカンツ伯爵は激昂して、叫《さけ》んだ。今の彼に人のよさそうな外交官だった時の面影《おもかげ》はない。

「あの魔女が強要したに違いないんだ！　だが、そんなことはもうどうでもいい。魔女の力など借りなくとも、陛下の呪いを解く方法がある！　魔女の系譜《けいふ》の血筋であるお前を神に捧《ささ》げればいいのだからな！　私はお前の命を神に捧げて、陛下を呪いからお救いする！　そして娘《アンナ》をこの手に取り戻すのだ！」

血走った目で腰《こし》の剣《けん》を抜《ぬ》いたアーカンツ伯爵を見てロイスリーネは慌てた。

──あ、やばい。怒《おこ》らせすぎた……！

でも母親の名誉《めいよ》のために、どうしても言わずにいられなかったのだ。

「私の手で葬《ほうむ》ってやる！　死ね！　死んで神への供物《くもつ》となれ！」

剣を手に向かってくるアーカンツ伯爵から逃げるため、ロイスリーネは慌てて後ろに下がる。けれど、自分が祭壇にいることをすっかり失念していたために、段差で足を踏《ふ》み外《はず》してよろけてしまった。

その隙《すき》にアーカンツ伯爵はロイスリーネに肉薄《にくはく》し、剣を振りかぶる。

「っ……！」

ヒュッと声にならない悲鳴がロイスリーネの喉《のど》を震わせた。

自分に振り下ろされる剣をロイスリーネはなすすべもなく見つめる。

ところが、次の瞬間《しゅんかん》、ロイスリーネの目前で不思議なことが起きた。ロイスリーネの頭に振り下ろされるはずだったアーカンツ伯爵の剣が、彼女の身体《からだ》に触れる寸前でバラバラと砕《くだ》けたのだ。そして破片《はへん》になった剣だったものは地面に落ちる頃にはすべて砂に変わり果てていた。

「…………え？」

「な、なんだと……？」

ロイスリーネは唖然とし、アーカンツ伯爵も砂になってしまった己《おのれ》の剣の残骸《ざんがい》を信じられないという顔で見下ろしている。

——い、一体何があったの？　剣がいきなり砂に変わった？

驚いたのは二人だけではない。黒ずくめの男たちもフードの下で息を呑《の》んだり驚きの声を漏《も》らしている。

「なんだ、今のは」

「防御《ぼうぎょ》魔法の一種か？　だが魔力など感じなかったのに……」

誰もが驚愕《きょうがく》している中で、まったく別の反応を示している人物がいた。デルタとラムダだ。

二人は明らかに顔に喜色《きしょく》を浮かべてロイスリーネにじっと視線を注いでいた。

「おお、デルタ。もしやあれが……」

「ああ、間違いない。あのお方の言っていた『還元《かんげん》』の力だ」

その声は小さく、ロイスリーネやアーカンツ伯爵の耳に届くことはなかった。

「お、おかしな術を使うものだ。これも魔女の差し金か、それとも王宮の魔法使いどもの仕業《しわざ》か。だが、まだお前を殺す方法はいくらでもある！」

なんとか気を取り直したアーカンツ伯爵は祭壇を駆け上がり、ロイスリーネの首元へ手を伸ばそうとした——その時だった。

——ヒュン。

空気が震え、二人の間にどこからともなく入り込んできた突風が通り抜ける。その直後、アーカンツ伯爵の身体は跳ね飛ばされ、十メートルほど後ろにいた黒ずくめの男たちの中に突《つ》っ込んでいった。

「わぁ！」

二人の黒ずくめがアーカンツ伯爵の下敷《したじ》きになり、地面に倒れ込んだ。だが男たちが緩衝《かんしょうざい》剤となってくれたおかげで伯爵にたいしたけがはなかったようだ。

「……何者だ」

デルタはアーカンツ伯爵を助け起こしもせず、祭壇に視線を向けながら誰何《すいか》する。それを一切《いっさい》無視して、祭壇に立つ男は後ろを振り返って言った。

「大丈夫か、リーネ？」

ロイスリーネを背に庇うように祭壇に男が立っている。この背中をロイスリーネは知っていた。振り返ってロイスリーネの身を案じる顔はよく見知った人のもの。

「……あっ……カ、カインさん……!?」

それは軍服姿のカインだった。

「ど、どうしてここに？」

「君が攫われるのを目撃《もくげき》していたマイクとゲールが知らせてくれたんだ。よかった。君の身が無事で」

黒ずくめの男たちは突然現われた男を警戒《けいかい》し、剣を抜く。乱入してきたのは一人だったので、簡単に始末することができると思ったようだ。

ところが端《はし》にいた黒ずくめの男二人が声を上げることなく突然地面に倒れ込む。

「どうした⁉」

仲間たちの異変に仰天《ぎょうてん》した黒ずくめの男たちは、そこでようやく乱入者が一人ではないことを知る。

乱入してきた男――カインの横には、頭と顔の下半分をすっぽりと布で覆い、濃い灰色の服に身を包んだ人物が立っていた。

――？　い、いつの間に⁉

音もなく現われた灰色ずくめの男に、ロイスリーネは目を丸くした。

「……上で仲間が見張っていたはずだが……」

ラムダが油断なくカインと灰色ずくめの男を見ながら呟く。それに答えたのは灰色ずくめの男だった。

「上の連中かい？　あたしの仲間が今掃除《そうじ》している最中さ。そろそろ終わるだろう」

男だとばかり思っていたが、発された声は女性のもの。

――この声、まさかリグイラさん⁉

そう、灰色ずくめの人物から出る声色も口調も、ロイスリーネがとてもよく知っている

『緑葉亭』の女将リグイラのものだったのだ！

――な、なんでリグイラさんがこんなところに？　そしてその格好《かっこう》は一体？

「……お前の姿には見覚えがある。コールス国で散々我々の邪魔《じゃま》をしてくれたルベイラ国王の犬どもだな」

デルタが忌々《いまいま》しそうに吐き捨てる。

「そうさ、あたしらは国王陛下の犬……いや『影』さ。コールス国では惜《お》しくも逃《のが》したけど、今度はそうはいかないよ」

その言葉が終わるか終わらないかのうちに、祭壇を中心に灰色ずくめの人間が次々と姿を現わした。そのうちの一人が言う。

「上の連中の始末は終わった。あとはお前たちだけだ」

――なんだかキーツさんの声にすごく似てるんですけど、気のせいですかね？

「歯ごたえのない連中だったな。こっちにいる奴らが、少しは楽しませてくれるといいんだが……」

「こっちの連中もたいしたことはなさそうだぞ」

――なんだかマイクさんとゲールさんの声も聞こえるけど？

マイクとゲールだけではない。灰色ずくめの集団からは、どこかで聞いたような声ばかりだ。そう、いずれも『緑葉亭』の常連客ばかり……。

――い、一体どうなっているの？

頭の中に疑問符《ぎもんふ》を浮かべるロイスリーネを余所《よそ》に、戦闘《せんとう》が始まった。ただし、それはほとんど一方的なものだった。

黒ずくめの男たちは剣を手に攻撃を加えようとするが、それよりも灰色ずくめ集団の動きの方が速かった。他の者より横幅《よこはば》が多少広いリグイラ（？）も例外ではなく、ふっと姿を消したと思ったら、まったく思いもよらない位置から黒ずくめの男を殴《なぐ》り飛ばしている。

「てめえら、うちの看板娘《かんばんむすめ》をよくもかっ攫《さら》ってくれたな。ひき肉にしてやるからあの世で反省しな」

キーツと思《おぼ》しき人物は、ナイフを手に黒ずくめの男たちに迫る。彼が手を閃《ひらめ》かせるたびに、黒ずくめの男たちから鮮血《せんけつ》が噴《ふ》き上がった。

ロイスリーネはカインの背に庇われながら、黒ずくめの男たちが次々と倒されていくのを唖然として見つめていた。

やがて、五分もしないうちに黒ずくめの男たちは床《ゆか》に沈んでいた。残っているのはアーカンツ伯爵と彼の従者のデルタとラムダの三人だけだ。

「こんな、バカな……」

アーカンツ伯爵は今の状況が信じられないようだった。彼が連れていた手下たちはほぼ全員倒されてしまった。それなのに、簡単に命を奪えるはずだったロイスリーネはぴんぴんしている。

「魔女め……！」

追いつめられながらも、アーカンツ伯爵のロイスリーネを見つめる目には憎しみと怒《いか》りが込められていた。

一方、デルタとラムダは異様なほど平静だった。仲間が倒れても、自分たちが追いつめられても気にする様子もない。

それがロイスリーネには不気味に映った。

「お前たちには色々と聞きたいことがある」

カインが厳しい口調で言うと、突然アーカンツ伯爵が血走った目で怒鳴《どな》った。

「なぜ私の邪魔をする！　陛下を呪いから解放するためには、その女の持つ『魔女の系譜』の血脈を夜の神に捧げる必要がある！　私は陛下のために動いていただけだ！」

とたんにリグイラたちのアーカンツ伯爵を見る目が厳しいものになる。

カインは小さく息を吐くと、ロイスリーネを振り返った。

「……ロイスリーネ、少し下がっていてくれ」

「は、はい」

頷き、数歩後ろに下がってから、ロイスリーネはハッとなった。

——ロイスリーネ、ですって？　カインさん、もしかして知ってる……？

アーカンツ伯爵たちに向き直ったカインは今までとは雰囲気《ふんいき》がガラリと変わっていた。冷たい表情で三人を見下ろす。

「国王のため？　呪いから解放するため？　ふざけるな。お前は私のためというのを大義名分にして自分の欲望を叶えようとしているだけだ。私を目の前にして、もう一度同じことを言えるのか？」

カインは言いながら片耳につけていた赤い小さなピアスを外す。

なぜピアスを……？　と首を傾げるロイスリーネの目の前で、カインの姿が変化していった。

艶《つや》やかな黒髪《くろかみ》が、薄暗い中でもキラキラと輝《かがや》く銀色へ。

背を向けているためロイスリーネには見ることができなかったが、空色の目は青色と灰色を混ぜたような色へと変わり、顔つきさえも別人に変化していた。

「――――え？」

ロイスリーネは息を呑んで目の前の人物を見つめる。

服装は変わっていない。見慣れた軍服の背中は確かにカインのものなのに、中身だけがロイスリーネには信じがたい人物に変わっていた。

ルベイラ国王ジークハルト。冷たい美貌《びぼう》を持つ「孤高《ここう》の王《おう》」に。

――うそ、カインさんが陛下？　陛下が、カインさんだったの!?

呆然《ぼうぜん》と立ち尽くし、カインの……いや、ジークハルトの背中を見つめる。

信じられなかった。いや、信じたくなかった。

「へ、へい、か……」

アーカンツ伯爵が喘《あえ》ぐように呟く。ロイスリーネはこの時だけはアーカンツ伯爵に同情した。

なぜならこの場で驚いているのはロイスリーネとアーカンツ伯爵だけだったからだ。リグイラや店の常連客に驚いた様子はない。

──みんな知っていて、私だけが知らなかったのね……。

「ほう、これはこれは。ジークハルト陛下自《みずか》ら奥方《おくがた》を救いにいらしていたとは」

デルタが口《くち》の端《は》を上げながら揶揄《やゆ》する。ジークハルトはそれを無視して、驚愕している
アーカンツ伯爵に言った。

「ヒルベルト・アーカンツ。お前は何か勘違いをしているようだ。夜の神の呪いは魔女や聖女をいくら生贄に捧げようと消えるものではない。私自身がその証拠だ」

「陛下、自身が……？」

「クロイツ派が誕生して五百年あまり。その間に何人もの魔女や聖女、それに魔法使いたちが犠牲《ぎせい》になったことか。魔女の命で呪いが解けるのであれば、とっくに私は神の呪いから解放されている。だが、現実はどうだ。むしろ、聖なる結界は弱くなり、呪いはますま

す活性化していくばかり。ルベイラの王族は、以前は耐えられた呪いに次々に冒《おか》されるようになった。つまり、お前はそいつらにいいように利用されただけだ」

「なっ……デルタ、ラムダ、本当か!? 『魔女の系譜』の血脈を持つ人間を生贄に捧げれば呪いが消えるというのは偽《いつわ》りだったのか？　では、生贄を捧げた褒美《ほうび》に神がどんな願いも叶えてくれるというのも嘘だったのか!?」

横にいる二人をアーカンツ伯爵は問《と》い詰《つ》める。男たちはうっすら笑うだけで答えなかった。けれど、何も答えないことこそが答えだった。

「そんな……」

へなへなとアーカンツ伯爵はその場に座《すわ》り込んだ。

ジークハルトはアーカンツ伯爵の横で平然としているデルタに視線を向けた。ロイスリーネが中庭で聞いた話や今までの調査からいって、デルタが主導権を握《にぎ》っていることは分かっている。

「デルタと言ったな。お前たちの目的はなんだ」

「ふっ、目的か。もちろん、我々の目的は五百年前から変わらない。夜の神の封印を解き、目覚めさせることだ」

「な、なんですって？」

思いもよらないことを聞いてロイスリーネは仰天《ぎょうてん》した。

──夜の神の封印を解くですって？

「……以前からクロイツ派と、夜の神との関連は指摘されていたが、それは本当だったということか」

ジークハルトが呟いた。

「我らはどうすれば封印が解けるのか、どうすれば神はお目覚めくださるのかずっと研究してきた。魔女や聖女、それに魔法使いたちを生贄に捧げることで聖なる結界が弱まることは確認されたが、封印が揺《ゆ》らぐことはなかった。我々は封印を解く『鍵《かぎ》』となるものを探して探して──ようやく見つけたのだ。『還元』のギフトを持つ者を」

デルタとラムダの視線がロイスリーネに注がれる。

──は？　私？　待って、私はギフトなんて持ってないわよ⁉

ロイスリーネは狼狽《うろた》え、思わずまた後ろに下がる。

「……なぜお前たちがそのことを知っている？」

突然ジークハルトは腰の剣に手をかけて、殺気を滲《にじ》ませながらデルタたちの方に進んだ。おそらく剣で脅《おど》してでも吐かせようというのだろう。

様子の変わったジークハルトに、ロイスリーネは戸惑《とまど》いの目を向ける。

……この時、祭壇の奥《おく》にいたロイスリーネは完全に無防備だった。少し前まではカインが背中にロイスリーネを隠していた形だったが、奥に下がらせたこととジークハルトが動いたことで、デルタからもラムダからもはっきり姿が見えたのだ。

「《炎よ敵を焼き尽くせ《アグニス・インフェルノ》》」

突然ラムダが手を翳《かざ》し、呪文《じゆもん》を唱える。そのとたん、祭壇をぐるりと囲っていたろうそくの炎が一斉《いつせい》に大きくなり、炎の渦《うず》を描いて一人の人物の元へ向かった——そう、ロイスリーネへと。

「きゃああ！」

ロイスリーネは腕で顔を覆った。

「しまった！　ロイスリーネ！」

「リーネ！」

「リーネちゃん！」

気づいたジークハルトやリグイラたちがロイスリーネを助けようと動いたが、間に合わない。

魔法で増大された炎はロイスリーネの身体を瞬《また》く間《ま》に焼き尽くす、はずだった。

だがその時、またしても不思議なことが起こった。炎がロイスリーネに触れる直前に、次々と霧散《むさん》していくのだ。

「なっ……」

それを見たリグイラたちもさすがに目を見張った。

デルタが突然笑い出す。

「アーハハハ！　すばらしい！　これこそが『還元』の力！　ああ、あのお方の言っていたことは正しかった！　神々の愛し子《いとご》であり『還元』のギフトを持つ娘がいれば我が神は蘇《よみがえ》る……ガハッ」

笑いながらデルタは突然血を吐いた。デルタだけではない。ロイスリーネを魔法で攻撃したラムダもその口の端から血を滴《したた》らせている。

「チッ！　毒を仕込んでいたのかい！」

リグイラが舌打ちをする。

「お前たちにこれ以上、話す、ことなど、ない」

「確認は終わった、あとは、同志たち、が……」

二人はさらに血を吐き、その場で倒れ込んだ。灰色ずくめのうちの一人が駆け寄って顔を覗《のぞ》き込んだが、すでに絶命《ぜつめい》したのだろう。無念そうに首を横に振った。

「デルタ！　ラムダ！　何が、一体何が……」

後に残されたアーカンツ伯爵は自死した従者たちを見て、茫然自失《ぼうぜんじしつ》となっていた。

それはロイスリーネも同じだ。炎にまかれるものと思ったのに、突然炎が消えた。誰も何もしていないのに。

それを確認して目的はすんだとばかりにデルタとラムダは自害《じがい》してしまい、後に残されたのは静寂《せいじゃく》と死だけ。

――一体何が起こったの？『還元』？何のことなの？

ロイスリーネは一人、ただただ混乱するばかりだ。

「もっと色々と聞き出したかったのだが……」

残念そうな声音《こわね》でジークハルトが呟くと、彼の前に灰色ずくめの一人――おそらく体格から言ってリグイラに違いない――が歩み出て、片膝《かたひざ》をついた。

「申し訳ない、陛下。自死の可能性を考慮《こうりょ》するべきだった」

「いや、いい。彼らはあまりに落ち着きすぎていた。こうなることを想定していたのだろう。焦《あせ》ってこの場で聞き出そうとした私のミスだ」

「おーい、話をしているところ悪《わり》ぃが、将軍が国軍を率いてやってきたようだ。すぐにこの地下室を見つけて下ってくるだろう」

キーツらしき声が二人の会話に割り込む。

「俺たちが顔を合わせるのはまずいだろう。早いところ退《ひ》かねぇと」

おりしも上の方から複数の足音や人の声が聞こえ始めていた。

「そうだね。そいつだけふんじばって、おさらばしようか」

リグイラの言う「そいつ」とはただ一人残されたアーカンツ伯爵だ。灰色ずくめの男たちは呆然としているアーカンツ伯爵を素早《すばや》く縄《なわ》で縛《しば》り上げると、「じゃあ、また」と言いながら次々と姿を消していった。

最後に残ったのはリグイラだ。

「それじゃあたしらはこれで。店の仕込みの途中なんでね」

「ありがとう、助かった」

リグイラはジークハルトに頭を下げる。けれどそのまま彼女もすぐに消えるかと思われたが、何を思ったのかロイスリーネのところまでスタスタと歩いてきた。そして口元を覆う布をぐいっと下げ、顔を晒す。その顔は、まさにロイスリーネのよく知るリグイラだった。

「リグイラさん……」

「じゃあね、リーネ。また『緑葉亭』で待っているよ」

にやりといつもの笑いを浮かべて口元を濃い灰色の布で覆うと、リグイラの姿も消えていく。

後に残ったのはロイスリーネとジークハルト……と、ついでにアーカンツ伯爵だけだ。

だが、ロイスリーネは完全にアーカンツ伯爵の存在をまるっと忘れて、もの問いたげにジークハルトを見る。反対にジークハルトはロイスリーネの目をなかなか見られないようで、視線を微妙《びみょう》にずらしていた。

――カインさんが陛下だった。陛下がカインさんだった……。

ぐるぐるとその思いが頭の中を回る。

――どうしよう。ぐちゃぐちゃだわ。気持ちも、思考も。

聞きたいこと、言いたいことが山ほどあるのに、何を言ったらいいのか分からない。

でも聞かないと、何か言わないと……と思った揚句《あげく》に口から出てきたのは核心からほど遠い言葉だった。

「リ、リグイラさんたちは一体どういう人たちなんですか？」

「あ、ああ。リグイラたちは……表向きは情報部の第八部隊に所属している軍人だ。だが、大半は軍の名簿《めいぼ》にも載っていない。彼らは俺……私の私兵のようなものだ。『影』と呼ばれていて、私の命《めい》で情報収集や諜報《ちょうほう》活動、それに姿を見せずに陰で身辺警護も行っている。命令指揮権を持っているのは国王と王太子のみ。普段は市井《しせい》で一般《いっぱん》の民に交じって生活している。彼らにはずっと君の命を狙っている連中の捜査《そうさ》と、護衛をしてもらっていた」

「そ、そうだったんですか……」

「『緑葉亭』の常連客もほとんどが『影』のメンバーだ。だから『緑葉亭』にいる限り、君の身は絶対に安全だった」

「そう……」

それなら最初からリグイラは「リーネ」が王妃ロイスリーネだと知っていたということになる。

もしかしてリグイラは、ジークハルトの命令でロイスリーネをウェイトレスとして雇ったのだろうか。ロイスリーネが自分の居場所だと感じていたあの場所は、ジークハルトによって用意されたもので、自分はその手の上で踊《おど》らされていただけなのだろうか。ジークハルトの『影』だったから、リグイラもキーツも常連客もロイスリーネによくしてくれたのだろうか。

そう思うと、胸がギュッと締《し》め付けられるように痛んだ。

――せっかく自分の居場所だと思える初めての場所だったのに、それも陛下が……ああ、そういえば陛下はカインさんだった。カインさんにも私は騙《だま》されていたんだ。

「ロイスリーネ……」

何かを言いかけたジークハルトだったが、最後まで言い終えることはできなかった。複数の足音が部屋になだれ込んできたからだ。

「陛下！　王妃陛下！　ご無事ですか！」

最初に姿を現わしたのはロイスリーネも知っているベルハイン将軍だった。将軍は祭壇のところに立っているロイスリーネとジークハルトに気づいてホッと安堵したものの、次に床に倒れている十人以上もの人間とその間に簀巻《すま》き状態で放置されたアーカンツ伯爵に気づいてギョッと目を剝《む》いた。

「こ、これは。いや、上でも十人以上が倒れておりましたが……」

「クロイツ派の先鋭部隊だ。上にいた連中もその仲間だ。他にクロイツ派の首謀者《しゅぼうしゃ》と思しき二人がいたが、自害されてしまった」

床に倒れているデルタとラムダを視線で示しながらジークハルトが説明する。ロイスリーネはそんな彼らの会話をぼんやり眺めていた。

——あれ？　なんだろう、二人の会話がとても遠いわ。色々考えなきゃならないのに、なんだか頭がはっきりしない。

そのうちぐらりと目の前が揺れた。

「ロイスリーネ!?」

妙《みょう》に慌てたようなジークハルトの声が聞こえた時には、身体が傾いでいた。

そのままだったら顔から床に倒れ込んでいたであろうロイスリーネをすんでのところで抱きとめたのは、ジークハルトだった。

「しっかりしろ、ロイスリーネ！」

「王妃様！　おい、担架《たんか》を持ってこい！」

ジークハルトの声が遠い。それなのに、抱《かか》えられた腕は力強くて温かかった。

——陛下。カインさん……。

その温かさに包まれて、ロイスリーネは意識を手放した。

その後のことをロイスリーネは知らない。

離宮《りきゅう》に「リーネ」の姿のまま担《かつ》ぎ込まれてエマが半狂乱《はんきょうらん》になったとか、そんな彼女にロイスリーネの身に起こった出来事を嬉々として語ったエイベルが怒りに油を注いだとか。カーティスが徹夜《てつや》で事後処理をしなければならなかったとか。

そんなこととは知らずにロイスリーネは眠り続ける。

途中、彼女を慰《なぐさ》めるようにモフモフの毛玉が寄《よ》り添《そ》ったのを本能的に悟《さと》り、胸に抱えたのはなんとなくぼんやりと覚えているが、本当の出来事だったのか不明だ。


翌朝、ロイスリーネはすっきりして目覚めた。

倒れる前は色々なことがいっぺんに起きて脳が処理できなかったが、一晩寝《ね》て気力も体力も取り戻した今は、なんとなくだがぼんやりと形が見えてきている。

あとはジークハルトたちに洗いざらい喋《しゃべ》らせるだけだ。

——特に陛下！　よくも別人に成りすまして騙してくれたわね！　今度こそ文句を言ってやるんだから！

もとよりロイスリーネは落ち込んだりしても長続きしない性格だ。ぐずぐずと考え続けることに時間を費《つい》やすくらいなら、頭を切《き》り替《か》えて次のことを考える。それが「期待外れ」

扱《あつか》いされてきた彼女の処世術《しょせいじゅつ》だ。

ロイスリーネが目覚めたことに気づいたエマが飛んでくる。

「本当にリーネ様は、私の寿命《じゅみょう》をいくつ縮めるおつもりですか！」

エマに泣かれ、次に泣きながら怒られ、最後には説教されていると、侍女長《じじょちょう》が部屋を訪《おとず》れて告げた。

「王妃様。陛下とカーティス宰相がまもなくダイニングルームにいらっしゃいます。陛下が『食事をした後に時間が欲しい』と仰《おっしゃ》っていますが、どうなさいますか？」

「もちろん、行くわ」

大人しくて物静かな王妃の仮面をかなぐり捨てて、ロイスリーネは挑戦的《ちょうせんてき》な表情で承諾《しょうだく》した。

エマや侍女たちに手伝ってもらい、ドレスに着替えてダイニングルームに向かう。

すでにジークハルトは到着《とうちゃく》していて、部屋の中にはジークハルトとエイベル、それにカーティスの姿があった。

「おはようございます、皆様」

堂々とした態度でロイスリーネは入室する。落ち着かない様子で椅子《いす》に座っていたジークハルトは、パッと立ち上がってロイスリーネを迎えた。

「ロイスリーネ。おはよう。よく眠れたみたいだな」

なぜかジークハルトは、ロイスリーネが挑《いど》むような表情を浮かべているのを見て安堵しているようだった。

「おはようございます、陛下。ええ、よく眠れましたとも」

「おはようございます、王妃様」

カーティスが爽《さわ》やかな笑《え》みを浮かべて挨拶《あいさつ》をする。ロイスリーネは同じように微笑《びしょう》を浮かべて言葉を返した。

「おはようございます、宰相。あら、今日の朝食は宰相も一緒なのですね」

いつもは二人分だが、ダイニングテーブルには三人分の食器が用意されていた。

「はい。時間を節約するため、今日はご一緒させていただくことになりました」

テーブルに着席し、いつもと同じような朝食が始まる。けれど、食事の間は全員無言だ。

カチャカチャと食器の立てる音だけが響《ひび》いている。

さすがに今日は、お決まりのやり取りはない。

——そりゃあ、「昨日はどうしていた」なんて質問する必要もないものね。陛下はカインさんとして私と一緒にいたし、何があったか最初から最後までご存じですもの。

それが悔しい。何も知らされなかったことが腹立たしくて仕方ない。

——さて、どうやって仕返しをしてやろうかしら？

無言のまま朝食が終わり、食器が下げられていく。侍女たちが退席して部屋にはジークハルトとロイスリーネ、カーティス、それにエイベルとエマだけになる。

まずはカーティスが口を開いた。

「それでは私から。今現在分かっていることを報告いたしますね」

カーティスの手には一枚の書類が握られている。それは捕まったアーカンツ伯爵の供《きょう》述《じゅつ》調書だった。

「首謀格《しゅぼうかく》のクロイツ派幹部デルタとラムダには自害されてしまいましたが、アーカンツ伯爵の供述からだいたいのことは分かりました。まずアーカンツ伯爵ですが、彼が言うに、あの二人とはライヒルドのとある貴族の家で顔を合わせたのが始まりだそうです。当時アーカンツ伯爵はロウワンの外交官を交代させられて、ライヒルドに赴任したばかりでした。ロウワンの外交官を任期途中で外された理由は、アーカンツ伯爵本人の供述も外務大臣が語った内容とほぼ一致《いっち》しています」

ロイスリーネはここで初めてアーカンツ伯爵に娘がいて、治る見込みのない病にかかっていたこと、望みを託《たく》してロウワンに連れてきたけれど、その甲斐《かい》なく亡くなってしまったことを知った。そして彼がギフト持ちの「聖女」や「魔女」を恨んだ理由も。

「一人娘ですからね、ずいぶんと溺愛《できあい》していたようですよ。その娘を失い、魔女や聖女、果てにロウワン国にすら恨みを抱《いだ》くようになったアーカンツ伯爵は、ライヒルドでデルタたちと出会い、彼らの思想に傾倒《けいとう》していきました。デルタとラムダにとってもアーカンツ伯爵の立場は都合がよかった。何しろ外交官ですからね。クロイツ派に対する締め付けがきつくなっていたライヒルドで、他国の外交官の保護下に入れば捕まることもない。そうやって潜伏《せんぷく》した彼らは、ある日、アーカンツ伯爵の祖国ルベイラの国王がロウワン国の末王女を娶《めと》ると知りました。アーカンツ伯爵は当然激怒《げきど》したでしょうが、デルタとラムダにとってはロウワンの『魔女の系譜』を捕まえられる絶好の機会だと思ったでしょう」

「待って、昨日デルタも言っていたその『魔女の系譜』というのは一体何なのです？」

ロイスリーネは口を挟んだ。

「アーカンツ伯爵曰《いわ》く、『魔女の系譜』とは、本来一代限りであるはずのギフトを、代々に渡って授《さず》かってきた稀有《けう》な血を持つ一族のことらしいです。王妃様の母君――『解呪の魔女』殿の一族がそれにあたります。クロイツ派は以前から『魔女の系譜』を狙っていたようですね。けれど、六年前から突然クロイツ派の人間はロウワン国に一切入国できなくなったらしく、困っていたようです」

ここでなぜかカーティスはロイスリーネをちらりと一瞥《いちべつ》した。

「『魔女の系譜』を捕まえられないでいた彼らにとって、陛下と王妃陛下の結婚の話は朗報でした。何しろ今まで手が出せなかった相手が自分からやってくるのですから。デルタとラムダはアーカンツ伯爵にこう唆《そそのか》したそうです。王妃としてやってくる王女は『魔女の系譜』だ。その血脈を夜の神に生贄として捧げれば、ルベイラ国王を悩《なや》ませてきた呪いくれるだろう、と」

から解放することができる。しかも、生贄を捧げた者に、神はなんでも一つ願いを叶えてくれるだろう、と」

アーカンツ伯爵がロイスリーネを殺そうとして口走っていたことを思い出す。彼は確かに言っていた。「娘を取り戻す」と。

「アーカンツ伯爵が願ったのは、亡くなった令嬢が生き返ること、だったんですね」

「その通りです、王妃様。でも死んだ人間を生き返らせることなど不可能です。よく考えれば分かるのに、アーカンツ伯爵はそれを信じてしまった。さらにデルタとラムダは、陛下が王妃様を娶ることにしたのは『解呪の魔女』が呪いを盾にして脅迫《きょうはく》したからだと嘯《うそぶ》いていてさらに怒りを煽《あお》ったようですね。どうやら亡くなった彼の娘は、陛下に恋心を抱《いだ》いていたようでして……。きっと彼にとっては、陛下が結婚すること自体許せるものではなかったのでしょう。アーカンツ伯爵は二人を従者としてルベイラに連れ帰り、王妃様がこの国にやってくるのを手ぐすね引いて待った。そして……」

「結婚式《けっこんしき》当日から私の命を狙ったのね」

おそらくアーカンツ伯爵は一刻も早くロイスリーネを王妃の座から取り除《のぞ》きたかったのだろう。

「アーカンツ伯爵は執拗に『呪いを盾にお母様が陛下に私との結婚を迫った』と言っていた。もしかして陛下の呪いを解いた功績《こうせき》として、娘さんと陛下を結婚させられると思ってた。

いたのかも……」

「『解呪の魔女』殿が呪いを盾にした事実はないのだがな。それに、脅迫されて私が結婚を決めたと思われるのは心外だ」

ジークハルトがぼそりと呟く。ロイスリーネは向かいに座るジークハルトをじっと見つめた。

カインと比べると、ほとんど表情が動かない。

――よく笑ったり怒ったりしていたカインさんと陛下が結びつかないのは当然だわ。全然違うんですもの。一体どちらが本当の彼なのかしら？

「アーカンツ伯爵は彼らに半《なか》ば洗脳《せんのう》されて、正常な判断ができなかったのでしょう。もっとも自分の意思で王妃様の命を狙ったことは事実です。極刑《きょっけい》は免れないでしょうね」

「そうね……」

ロイスリーネも庇おうとは思わなかった。なぜならロイスリーネを狙うことできっと多くの人間が傷つけられたはずだから。

アーカンツ伯爵についての説明に一区切りついたと感じたロイスリーネは姿勢を正し、ジークハルトを正面から見つめた。

「今度は私から質問させてください。アーカンツ伯爵が言っていた陛下の呪いのことは……本当なのですか？　聖なる結界から染み出してきた夜の神の呪いを、代々の国王たちが受け止めていたというのは。そして今現在、陛下も呪いに冒されているというのも」

ジークハルトはカーティスと視線を合わせると、仕方なさそうに頷いた。

「あなたにはまだ知らせるつもりはなかったが……本当のことだ。この国は呪われている。代々の国王は染み出してきた呪いによって人々が害されないように、女神ファミリアのお力を借りてその身で受け止めてきた。ところが百年ほど前から呪いが深刻化した。結界が弱まり、耐性《たいせい》があるはずの王族が呪いに冒されるようになった。もちろん常にじゃなくて、個人差があるが……」

「クロイツ派のせいで？」

「おそらくは。父と私は七年前に呪われた。それ以前に深刻な呪いを受けたのは五十年前、曽祖父《そうそふ》が王だった頃だ」

「呪いを受けると……どうなるのですか？」

目の前にいるジークハルトは健康そのもののように見える。だからこそロイスリーネは彼が呪われているなど思いもしなかったのだ。

――七年前というと、ロウワンにやってくる前のことよね。お母様はきっと陛下の呪いに気づいていたはず……。

「呪われてもすぐに死に至るわけでない。私は健康だし、心も身体も侵《おか》されてはいない。――まだな。王族には耐性があるし、特に私は耐性が高かったらしい。少し圧迫感《あっぱくかん》がある程度だ。日常生活には支障がないと言っていい。ただ……」

急にジークハルトは言いよどんだ。

「夜の神の力が一番強まる夜になると……その、動けなくなる。だから公務もできない。王としての役目を果たすことができなくなるんだ」

「夜の間は動けない……？」

ピンとくるものがあった。

「も、もしかして初夜に寝所に来なかったのは……それ以降も来なかったのは……」

「動けないからだ。でも呪いのことを知られたくなくて、あなたには辛《つら》い思いをさせた。すまなかった」

いきなりジークハルトは頭を下げた。慌てたのはロイスリーネの方だ。

「陛下が頭を下げる必要は……。そ、そういうことなら仕方ないし、一人でもそれほど辛くはありませんでしたから！」

——そうよ、私には一緒に寝てくれるうーちゃんがいたから、寂《さび》しくなんてなかったもの。

それでもジークハルトは頭を上げなかった。

「いや、あなたに何も知らせずに離宮に閉じ込めた。身の安全を守るためだったとはいえ、そのことでもあなたに辛い思いをさせた。すまなかった」

「ちょっと、先に謝《あやま》られたら、文句を言えなくなるじゃないですか！　とりあえず頭を上げてください！」

「リーネ」の口調で言うと、ようやくジークハルトは顔を上げてくれた。

「ちゃんと初めからそう言ってくださったらよかったんです。そりゃあ、一国の王が呪われているなんて国家機密でしょうから言えなかったのも分かります。それに、政略《せいりゃく》結婚の相手をすぐに信頼《しんらい》できなかったのも仕方ありませんけどっ」

「いや、信頼できなかったわけじゃない。呪いのことを言えなかったのは……その……」

再びジークハルトが言いよどむ。助け船を出したのはエイベルだ。

「ジーク、ちゃんと初めから言った方がいいよ。そりゃあ『解呪の魔女』様に黙っていると約束した手前、言うわけにいかなかったのは分かるよ。でも王妃様は『還元』のギフトのことを知ってしまったんだろう？　だったら、きちんと説明した方がいい。ジークが黙っていたらまた拗《こじ》れるだけだよ」

「エイベル……」

唸《うな》りながらジークハルトはエイベルを睨みつける。余計なことを言うなと言いたいらしい。けれど、ロイスリーネはしっかり聞いてしまった。

「『還元』のギフトって……そういえば、デルタも言ってましたね。私にギフトの力はないはずなのに……」

「ああ、もうっ、覚えてろよ、エイベル！」

ギリギリと歯を食いしばってエイベルに恨みの言葉を放つと、ジークハルトは苦虫を嚙み潰したような顔でロイスリーネに向き直った。

ロイスリーネはびっくりした。ここまでジークハルトの表情が崩《くず》れるのは、結婚式の日にロイスリーネが「ミリアとの仲を応援《おうえん》する」宣言をした時以来ではないだろうか。

「……ロイスリーネ、実は君にはギフトがあるんだ。『還元』という稀有なギフトで、これは言ってみれば『元の姿に戻してしまう』力だ。君を襲《おそ》った火がすぐに収まったのもこのギフトのおかげだ。あなたに攻撃しようとすれば武器はただの鉄砂《てつさ》に戻り、魔法は打ち消されて、ただの魔力として霧散してしまう」

「え、え、え？」

「だからあなたには封印の魔法が効かない。王宮に張《は》り巡《めぐ》らされた秘密の通路は本来であれば王族以外には使えないように魔法で封印がほどこされている。出口にも入り口にもだ。その魔法は俺でないと解除できないようになっているはずなのに、君はまるで頓着《とんちゃく》せずに地下道を使うことができただろう？　これは君が無意識のうちに『還元』のギフトを使っているからだ」

「えー、なんですか、それ……」

それはまさしく青天の霹靂《へきれき》ともいうべき話だった。

「俺たちはそのことを、六年前に訪れたロウワンで『解呪の魔女』殿に聞かされた。君のその『還元』のギフトが俺の呪いを解く鍵になるかもしれない、と」

そもそも六年前、ジークハルトたちがロウワンに立ち寄ったのは、前年に父王と自分に突然呪いが降りかかったからだった。

ジークハルトは耐性があったので、夜に活動できなくなるくらいですんだが、耐性が低かった父王はそうはいかなかった。心身を呪いに冒されて、徐々に衰弱《すいじゃく》していった。

そんな父王を助けたくて、一縷《いちる》の望みを抱いてジークハルトはロウワンに向かった。

ロウワン国の王妃は著名な『解呪』のギフトを持った魔女だ。彼女に解けない呪いはないと言われていた。

けれど会ってすぐに彼女は申し訳なさそうに告げた。

『申し訳ありません、殿下《でんか》。私にも神の呪いは解けないのです』

絶望と諦念《ていねん》にかられ、思わず下を向いたジークハルトに、ロウワンの王妃――いや、『解呪の魔女』は一つの希望を示した。

『でももしかしたら、娘のギフトがあなた方の呪いを解く鍵になるかもしれません』

『解呪の魔女』には二人の娘がいると聞いていたが、第二王女の方はギフトを持っていないと聞いていたので、ジークハルトは当然上の王女のことだと思った。

『いいえ、違うわ。実は下の娘にもギフトがあるのです。とても稀有なギフトが。でも、あの子は自分にギフトがあることを知りません。これはとても不思議なことなのです。ギフトを持って生まれた人間は、生まれながらに自分の力のこともその使い方も知っているもの。でもあの子は自分の力が知覚できない。知覚できないから制御《せいぎょ》もできないのです』

知覚できないギフトはないも同然だ。だから王妃はロイスリーネにはギフトはない、ということにしたのだという。

『殿下。あの子のギフトのことは、今は語りません。よろしければ試《ため》してみませんか？ 殿下の滞在《たいざい》中、あの子に殿下の案内係をさせます。あの子と共にいて、呪いがどう変化するのか実際に試してみてください』

こうしてロイスリーネは、ジークハルトが滞在している間、案内係として傍にいた。

変化はすぐに訪れる。ロイスリーネと一緒にいると少しずつ呪いが自分の身体から剝《は》がれていくのが感覚で分かった。

たったの二日間一緒にいただけで、ジークハルトは夜も少し活動できるまでに呪いの影《えい》響《きょう》から抜け出ていた。

ロウワン滞在の最終日、『解呪の魔女』はロイスリーネのギフトについて種明かしをした。

それが『還元』のギフト。前代未聞《ぜんだいみもん》の、ロイスリーネだけが持つ稀少《きしょう》なギフトだった。

「俺はすぐにも君を連れて帰りたかったが、当然そういうわけにはいかない。一国の王女だし、まだ君は十二歳だったからね。社交界デビューのできる十六歳になったら、理由をつけてルベイラに留学させるという方向でロウワン国王と交渉《こうしょう》した。でも……君が大人になるまで父上はもたなかった。東方諸国を巡る旅を終えてルベイラに戻ったとたん、父は力尽きて亡くなった。俺は国王に即位《そくい》し、それ以来一人で呪いを受け止めている。他の王族も準王族も呪いのことは知っているから、誰も次期王になりたがらないんだ」

ジークハルトは苦笑を浮かべた。

「それで、王太子の座が空席《くうせき》だったんですね……」

王位継承権《けいしょうけん》第一位は本来であればタリス公爵だ。けれど、彼は「陛下に王子が誕生した時に混乱の原因になる」として王太子の座を辞退したという。

――そりゃあ、王太子になればその日から呪いにかかるものね！

タリス公爵がロイスリーネに期待していると言ったのは「王太子になる子を産んで早く王位継承順を落としてくれ」という意味だったに違いない。

「あの、それで、現在、呪いはどうなっているんですか？　私たちは離《はな》れて暮らしているから、私の『還元』のギフトとやらは効いてないのでは……」

「いや、そんなことはない。君は少しずつ俺の負担を軽くして、俺の呪いを『還元』してくれている。とても感謝しているんだ」

青灰色《せいかいしょく》の目に温かな光を浮かべてジークハルトはロイスリーネをじっと見つめた。

「そ、そう。役に立っているのなら、何よりだわ。私にはまったく分からないけれど」

自覚などないのだから、当然力を使っている感覚もない。だから感謝されて、妙に居心《いご》地《ち》が悪くなってくる。治したという自覚がないからだ。

――本当にそんなギフトがあるのかしら？　でも、確かにアーカンツ伯爵の剣は私に触れる前に鉄砂に変わったし、炎の魔法も消えてしまった……。

「君は本来だったら、王妃ではなくこの国に留学してくるだけのはずだった。でもそれをあえて結婚という形にして、王妃に据《す》えたのは、呪いのこととは関係なく……その……俺、が君を傍に置きたかったからだ」

「え……？」

突然ジークハルトの目に甘《あま》い光が浮かんだ。彼は立ち上がると、テーブルを回ってロイスリーネの傍《かたわ》らに片膝をついて、彼女の手を取った。

「おお～、ジークってばやるぅ！」

はやし立てるエイベルの言葉を無視して、ジークハルトはロイスリーネの手を取ったまま見上げた。

「君は気取らないし、とても自然に俺に接してくれた。それまでは女性と一緒にいると媚《こび》を売られるばかりで居心地が悪かったけれど、君といるのは平気だった」

「そ、それは私がまだ子どもだったからでは？」

「大人になった今だってそうだ。カインとして君と過ごすのはとても楽しかった」

「あ、そ、そうだわ。カインよ！　変装して黙って傍にいるなんて、ひどいじゃないですか！」

　思い出して怒りがぶり返す。けれどジークハルトの事情を聞いた後では、自分が何に怒っているのかあいまいになってくる。

　――だって、私だってカインさんといて楽しかったんだもの。騙されていたと知って怒りを覚えるくらい、楽しい時間だったんだもの。

「君だってリーネでいた時、カインに素性《すじょう》を隠していただろう？」

「そ、そりゃあ、そうですけど！」

「お互い様だろう？　君が俺に素性を隠していた理由も、俺と大差ないと思うんだ。それに俺は、国王と王妃ではない身で君と過ごしてみたかった。ジークハルトとロイスリーネだとどうしても立場があるからね。そういうのをとっぱらって君といたかった」

　――ちょ、ちょっと、陛下の姿のくせにカインさんみたいな口調になるの、ずるくないですか⁉

「君が隣にいてくれればジークハルトとして忘れてしまった笑顔を取り戻せる気がする。だから、どうかこの先も、ずっと俺の傍にいて欲しい。王妃として」

「!!」

ロイスリーネは顔を真っ赤に染めて口をパクパクさせた。何か言葉を言わなくてはいけないと思いつつも、何も言葉にならなくて。助けを求めるように視線を彷徨《さまよ》わせる。

カーティスは自分は何も見ていませんよと言いたげに明後日《あさって》の方を向いていた。部屋の端に控《ひか》えているエイベルは面白《おもしろ》がって笑っている。エマはなんだか複雑そうな表情でロイスリーネたちを見ていたが、助《たす》け舟《ぶね》は出してくれなさそうだ。

——何か、何か言わなきゃ。……あ、そうだわ。ミレイ様のことがあるじゃないの！

ミレイの存在を思い出したとたん、身体が硬《かた》くなった。ジークハルトの手から自分の手を引き抜きながら、睨みつける。

「ミ、ミレイ様はどうするんですか！　陛下の恋人《こいびと》なのに！　平民なのに陛下のために王宮で頑張《がんば》っているミレイ様はどうするんです!?」

けれど、ジークハルトは再びロイスリーネの手を取って言った。

「ミレイのことなら心配いらない。実は、ミレイという女性は存在していないんだ」

「は……？」

——存在していない？　ミレイ様が？　確かに一度も会ったこともない人だけどっ。

「いえ、でもだって、確かに離宮に引きこもっているみたいですけど？　見たことあるって言う人もいましたし、存在していますよね？」

「あ、それ、僕です」

壁側《かべがわ》から呑気《のんき》な声がかかった。目を丸くして視線を転じると、エイベルが笑顔で手をヒラヒラさせていた。

「この変身用の魔法のピアスを魔法使いの長に作ってもらって、僕が時々ミレイに変装してたんですよ。そうしないと実在を疑う輩《やから》が出てきますから。でもあまりミレイの存在を表沙汰《おもてざた》にされても困るので、タリス公爵家の令嬢に協力してもらって、引きこもりという設定にしていたんですよ、はい。ですから、陛下に恋人などいません」

「え？　え？　本当に？　本当に実在していないのですか？」

尋ねたのはジークハルトにだった。ジークハルトは大きく頷く。

そういえばと、ロイスリーネは色々なことを思い出す。軍本部の事務所にいた時、カイン……もといジークハルトはミレイについて何か話そうとしていた。帰りに話すと約束もしていた。

――色々あってミレイ様の話どころじゃなくなっていたけど、もしかしてあの時にミレイ様は実在していないってことを教えたかったのかしら？

「でもどうしてですか？　なぜ実在しない恋人を作るだなんて……」

「呪いのせいですよ」

見ていないふりをやめたらしいカーティスが口を挟んだ。

「陛下は呪いのせいで夜の神の力がもっとも強くなる時間帯、動けなくなるのです。その間公務もまったくできませんし、一国の王が呪われているなんて事態を公《おおやけ》にしないために、誰かと会うこともできません。静かで煩《わずら》わされない場所が必要でした。それに、夜遅《よるおそ》い時間帯の公務を断るため、あるいは夜会などで途中退席する理由が必要だったのです。そこで恋人という存在を作り出しました。恋人のところで過ごす国王陛下を邪魔するなんて、そんな不興《ふきよう》を買う真似《まね》をする輩はいませんからね。まぁ、実態は恋人のところへ行くと称《しよう》して離宮で一人じっとしているだけなのですが。でも一定の効果はありました」

突然、エマが声を張り上げた。どうにも我慢《がまん》できなくなったらしい。

「不敬《ふけい》を覚悟で申し上げますが！　それはあまりに稚拙《ちせつ》な対処法だったのではないですか？　ミレイ様の存在を知ってどれほどリーネ様が悩まれたことか！　そもそも王妃を娶ってておきながら恋人の存在をそのままにしておくなど、言語道断《ごんごどうだん》ではありませんか!?」

「エ、エマ……」

「いや、エマの言う通りだ。だが、ギフトのことも、呪いのこともロイスリーネに伝えないと『解呪の魔女』殿に約束してしまった手前、ミレイという存在を消すわけにはいかなかった。ミレイは俺の呪いと直結する話だったから……だが、本当はミレイが実在しないことだけは伝えようとしたんだ。結婚式の日に」

ジークハルトは言いにくそうに言った。ロイスリーネは当日のことを思い浮かべて「話がある」と言ってきたジークの言葉を遮《さえぎ》ったことを思い出していた。

「だが、言う前にロイスリーネに『ミレイとの仲を邪魔しない、応援する』と宣言されてしまって、どうにも言い出せなくなった。そうこうしているうちに、君の命を狙う奴らが現われて、そちらにかかりきりになってしまった。後になればなるほど言い出しにくく……」

「あー、あー、あー！」

ロイスリーネは奇声《きせい》を上げる。過去を振り返り、知らせてもらえなかった理由の一端《いったん》が己にあったことを知ったからだ。

――あの後もずっと塩対応していたもの。確かに言い出せないわ。うん、私のせいね！

「ご、ごめんなさい、陛下」

謝ると、ジークハルトは優《やさ》しく微笑《ほほえ》んで首を横に振った。

――陛下《ジークハルト》の時だって、笑えるのね。

その微笑《びしょう》は六年前にロウワンの中庭で見たジークハルトの笑顔とまったく同じだった。

「ロイスリーネ。色々行き違いもあったが、私は君に王妃でいてほしい。もちろん、解呪のこともまったく関係ないわけじゃないが……」

「いや、ジーク、そこのところはバカ正直に言わなくても――」

エイベルの突っ込みをまるっと無視してジークハルトは言葉を続ける。

「俺は六年前に一緒に過ごした女の子に隣にいてほしいと思ったから、結婚を申し込んだんだ。だからこの先も俺と一緒に人生を歩んでほしい」

「陛下……」

そもそもロイスリーネはジークハルトを嫌《きら》っていたわけではない。どちらかと言えば好意を持っていた。けれど、ミレイの存在を知って、好きになっても無駄《むだ》だと思い、何も感じないようにしていたのだ。好意も、憎しみも、怒りも。

一方、カインには最初から好意を持っていた。でも好きになっても結ばれるわけはないと思っていたので、それ以上好きにならないようにしていた。……心を守るために。

――でも、陛下はカインさんで。カインさんは陛下で。……私はカインさんの笑顔にどこかで陛下の面影を見ていなかったかしら？

六年前に見たジークハルトの笑顔とカインの笑顔を重ねていなかったと言えば……嘘になる。

――ああ、なんだ。私、ちゃんと分かっていたんだわ。六年前に頭を撫でて励《はげ》ましてくれたのが目の前の人だったってこと。

だから……ジークハルトの言葉は信じられる。

——でもね、陛下。そう簡単に私の心はあげませんからね。だって、すっかり騙されたこと、まだ怒っているんですから！

だから、この気持ちはまだ秘密だ。いつか呪いが解けてジークハルトが昔のように、いや、カインのように笑えるようになった時には、きっと……。

「陛下……。私にはギフトのことはまだ信じられないし、よく分からないことが多いけど、でも、陛下のことはもっとよく知りたいと思っています。だから教えてください、陛下のこと。そして私のこともっとよく知ってください。……まずはそこから始めませんか？」

ぎゅっと手を握り返しながら、ロイスリーネはにっこり笑う。

——そうよ。考えてみれば、これで王妃の座はしばらく安泰《あんたい》よね。ついでにルベイラの強力な後見《こうけん》も得られるから、祖国《ロウワン》も安泰！

すっかりいつもの調子に戻ったロイスリーネがそんな打算的なことを考えているとは知る由《よし》もないジークハルトは、ロイスリーネの手にキスを落として囁《ささや》くのだった。

「ありがとう、ロイスリーネ。これからもよろしく頼む」

「こんにちは！　今日もよろしくお願いしますね！」

ロイスリーネは『緑葉亭』の戸を開けて、いつものように朗《ほが》らかに挨拶《あいさつ》をした。カウンターにいたリグイラが少し目を見開いてロイスリーネを見たが、すぐにいつものにやりとした笑顔を見せる。

「こんにちは、リーネ。今日もよろしく頼むよ」

厨房《ちゆうぼう》から顔を出したキーツも、ロイスリーネの姿を見て穏《おだ》やかな笑みを浮かべる。

「こんにちは、リーネ」

「こんにちは、リグイラさん、キーツさん。開店までもうすぐですよね。すぐに支度《したく》しますね！」

二人が今までと同じように迎えてくれるのが嬉しくて、自然と笑顔になった。

いそいそとエプロンをつけ、開店準備に取りかかる。いつものようにテーブルを拭《ふ》いていると、リグイラがすぐ近くに立った。

「ときにリーネ、陛下は許可したのかい」

何のことかすぐに分かった。ここで働くことをジークハルトが許したのか尋ねているのだ。ロイスリーネは頷いた。

「はい。公務に支障《ししよう》が出ない限りはここに通っていいって。自分も『カイン』をしばらく続ける予定だからって」

「ふふ、また公務を抜け出してあんたに毎日会いにくるつもりかい。宰相殿たちの苦労がしのばれるねぇ」

くすくすと笑うリグイラに、ロイスリーネはほんの少し声を落として尋ねた。

「あの、リグイラさん。聞きたいことがあったんですけど。私が王妃だから、ここで雇ってくれたんですか？」

リグイラは少し考える仕草をした。

「うーん、そうとも言えるし、違うとも言えるねぇ。確かにあたしはあんたが王妃だって最初から知っていたよ。だってあたしら『影』の護衛対象だったんだもの。それなのにあんたが護衛中の『影』の気配に気づいてここに飛び込んできた時は、さすがのあたしでもびっくりしたもんさ。おまけにあんたときたら、仕事を手伝うとか言い出してさ。王妃様にウェイトレスをさせるなんてって焦ったよ。だけど働くあんたはとても楽しそうでさ」

その時のことを思い出したのか、リグイラが懐《なつ》かしそうに目を細めて微笑んだ。

「そん時に思ったんだよ、あんたにはこの仕事が必要なんだってね。王妃という立場から離れて、自分自身に戻れる時間が必要なんだって。陛下に『カイン』である時間が必要なようにね。だから、陛下に文句を言われるのを覚悟であんたを雇ったのさ」

「リグイラさん……」

「もっとも、カインは怒るよりあんたがここで浮かべる笑顔に参ってしまって、反対どころじゃなかったようだけどね。ハハハ。なし崩《くず》しってやつだ。かまうことはない。働きたいだけ働きな。あとはこっちでフォローするからさ」

「ありがとう、リグイラさん」

「お礼を言うのはこっちさね。あんたと働くのは楽しいからね」

口にしてから照れたのか、リグイラはそそくさと戸口に向かいながら言った。

「さ、おしゃべりしている暇《ひま》はないよ。『緑葉亭』開店だ」

外に「営業中」の札を出したとたんに、いつもの常連客が入ってくる。

「いらっしゃいませ！　あら、マイクさんにゲールさん。こんにちは！」

「こんにちは、リーネちゃん」

「おお、リーネちゃんだ。今日も可愛いね！」

「ありがとうございます。こちらのお席にどうぞ！」

今日もお飾り王妃はウェイトレス稼業《かぎょう》にいそしんでいる。

エピローグ　お飾り王妃とうさぎともう一つのギフト

「それでね、うーちゃん。来月から引《ひ》っ越《こ》すことになったの。王妃《おうひ》がいつまでも離宮《りきゅう》に引きこもっているわけにはいかないからって。元いた本宮《ほんぐう》に移ることになるわ」

夜、いつものように現われたうさぎのうーちゃんを胸に抱《だ》きしめ、背中を撫《な》でながらロイスリーネは呟《つぶや》く。

「本宮に移るのはいいけれど、うーちゃんと一緒《いっしょ》に寝《ね》られなくなってしまうのは嫌《いや》だわ。そうだ！　うーちゃん、本宮にも来てくれないかしら？　本宮の私の部屋にも隠《かく》し扉《とびら》があるから。ああ、でもさすがにうーちゃんは場所が分からないわよね。……やっぱり離宮に毎晩通おうかしら」

呪《のろ》いのために夜動けないらしいジークハルトは、当然のことながらロイスリーネと閨《ねや》を共にできない。つまり、ロイスリーネはジークハルトの呪いが解けるまでやっぱりお飾り王妃を続けなければならないのだ。

――まぁ、いいですけれど。

ちなみに、昼間に寝室《しんしつ》を共にすればいいのではないかと思われるが、その手の知識は箱《はこ》入《い》り娘《むすめ》なままのロイスリーネには思いもよらないことだった。彼女《かのじょ》は夫婦《ふうふ》生活とは夜にのみ行うものだと考えている。

……二人が本当の夫婦になるまでの道のりはまだまだ遠い。

「ん？　そういえば、陛下《へいか》は隠し扉を開くことができるのは自分だけだって言っていたような？　だったら、うーちゃんはどうやって入ってきているのかしら？　もしかして封印《ふういん》の魔法《まほう》って獣《けもの》は対象外なのかしら？」

首を傾《かし》げたが、いくら考えても答えは出なかった。ロイスリーネは魔法の事はさっぱりなのだ。

「まぁ、いいか。ここの隠し扉の封印の魔法が壊《こわ》れているのかもしれないわ。そんなことより、もう寝ましょうね、うーちゃん」

けれどうさぎはもっと撫でろとばかりに頭をロイスリーネの手にこすりつける。

「まぁ、うーちゃんったら仕方のない子ね」

甘い声を出しながらロイスリーネはうさぎを思う存分撫で回し、モフりまくった。

ようやくうさぎが満足すると、ランプの灯《あか》りを消して、ロイスリーネはベッドに横たわる。枕元《まくらもと》で丸くなったうさぎを撫でながら、ロイスリーネは目を閉じた。

「……申し訳ありません、リーネ様。このような時間に」

そっとエマに声をかけられてロイスリーネは目を覚ました。

「ん……まだ朝には早いんじゃ……」

眠気《ねむけ》を覚えながら上半身を起こすと、枕元ではうさぎが丸くなってすやすやと眠っている。

「まだ夜よね……」

「はい。ですが、カーティス宰相《さいしょう》がどうしてもお会いしたいといらしております」

「カーティス宰相が？　何かあったのかしら。いいわ、向こうの部屋にお通しして」

「はい」

エマは頷《うなず》いて、そっと寝室から出ていく。ロイスリーネはうさぎを起こさないように夜着の上にローブを羽織《はお》った。

寝室を出て続きになっている部屋に入る。さすがに夫以外の男性を寝室で出迎《でむか》えるわけにはいかない。

しばらくすると、エマに伴《ともな》われたカーティスが現われて、深々と頭を下げた。

「お休みのところ大変申し訳ありません、王妃様」

「いいえ、大丈夫《だいじょうぶ》よ。ところで何かあったの？」

「明日の公務《こうむ》の変更《へんこう》をお伝えするのを忘れておりましたので」

「……は？」

思わず不機嫌《ふきげん》そうな声になってしまったのは、当然だろう。

――公務の変更？　それは夜中にわざわざ人をたたき起こしてまで伝えること？

「……それは、朝じゃだめだったの？」

「朝一で入っている公務でしたので。変更をお伝えしなければ王妃様はいつもより早く床を離れなければならなかったでしょう。でもご安心を。朝の公務はなしになりました。どうぞ朝はごゆっくりなさってください」

にっこりと笑うカーティスに、ロイスリーネの機嫌《きげん》はさらに低下していく。

「用事はそれだけかしら？　なら私は寝るから……」

「いえ、あともう一つあります。そこの陛下です」

言いながらカーティスは床《ゆか》を指さす。

「……陛下？」

怪訝《けげん》そうに眉《まゆ》をひそめながら、カーティスが指さした方を見ると、ロイスリーネの足元にはいつの間にかうさぎの姿があった。どうやらロイスリーネが動いた気配で起きてしまい、彼女にくっついて寝室を出ていたらしい。

うさぎはなぜか後ろ足だけで立ち、前足を一生懸命《いっしょうけんめい》バタバタ動かしている。

――ああ、なんて愛らしいの！　食べちゃいたいくらい！

なんとなくカーティスに向かってシッシッと追い払《はら》っている仕草にも見えるが、うさぎがそんな人間くさい動作をするはずはない。

きっとこれは抱っこをせがんでいるに違《ちが》いない。いや、そうに決まっている！

ロイスリーネはそう判断するとうさぎを大事そうに胸に抱き上げた。とたんにうさぎは前足をバタつかせるのをやめて、ロイスリーネの腕《うで》の中に大人しく収まる。

「あなたが指しているのはこのうーちゃんのことかしら？」

うさぎに頬《ほお》ずりしながら尋《たず》ねると、カーティスはやや呆《あき》れたような声音《こわね》で答えた。

「はい。そのうさぎにも用がありまして。そのうさぎはミレイ様の離宮で飼っている陛下のうさぎなのです。ただ、脱走癖《だつそうへき》がありましてね。寝床《ねどこ》にいないことに気づいた世話係が大騒《おおさわ》ぎしているのです」

「……そうなの、この子は陛下の飼っているうさぎだったのね。どうりで綺麗《きれい》に世話されていると。ところでカーティス、今あなた、この子のことを陛下って呼ばなかったかしら？」

「ああ、陛下というのがこの子のあだ名です」

さらりとカーティスは答えた。

「本当の名前はジークと言いまして。陛下と名前の一部が同じなのです。だから皆《みな》陛下と隠れて呼んでいるのです」

「そうだったの……。名前はジークなのね。私は『うーちゃん』って呼んでいたわ。これからはジークと呼んだ方がいいのかしら？」

こてっと首を傾げる。ふっとカーティスの口元が綻《ほころ》んだ。

「それはお好きなように。ジークでも、うーちゃんでも、陛下でも、どう呼ばれてもこのうさぎは喜ぶでしょう。さて、王妃様の眠りをこれ以上妨《さまた》げてはなりませんね。陛下を回収して、私は失礼します」

カーティスはロイスリーネの腕からひょいっとうさぎの背中を摘《つ》まみ上げる。

うさぎの温《ぬく》もりを失ったロイスリーネは思わず取り返そうと手を伸ばしたがカーティスは、巧《たく》みにさけると優雅《ゆうが》に一礼して去って行ってしまった。

「あああ、うーちゃんが……。くっ、一体なんだったのよ、あれは」

「さぁ……」

エマと二人で顔を見合わせる。

まったくわけが分からない。なんだか狐《きつね》につままれたような気分でエマを下がらせると、ロイスリーネはベッドに戻《もど》った。

横たわりながらうさぎが丸まっていたところを見つめる。うさぎがいないベッドはとても寂《さび》しかった。

「私はこれからも『うーちゃん』って呼ぼう。私にとってはうーちゃんだから」

そう心に決めてロイスリーネは目を閉じた。

うさぎをぶら下げて本宮に戻ってきたカーティスは、薄暗《うすぐら》い廊下《ろうか》をずんずんと進んだ。行き先は国王の執務室《しつむしつ》だ。部屋に入るとカーティスはうさぎをソファの上に下ろした。

ずっと背中を摘まれた状態で運ばれたうさぎは、ロイスリーネのところにいた時のあどけない様子とはかなり異なっていた。

半眼《はんがん》でカーティスを見つめながら、ソファの上でダンダンと足を踏《ふ》み鳴《な》らす。うさぎが不満を覚えたり不機嫌になった時に見せる動作だ。

けれど、カーティスはふんっと鼻で笑うと、皮肉気《ひにくげ》な口調で言った。

「私に感謝してほしいですね。あなた、すっかり眠り込んでいたでしょう？　夜中に目が覚めて、ベッドに全裸《ぜんら》の男がいたら、王妃様はどれほど驚愕《きょうがく》なさったことでしょう。それを阻止《そし》して差し上げたのだから、感謝してしかるべきですね」

それでもうさぎは足を踏み鳴らしていたが、不意に足を止めた。何が起こったのか、うさぎの身体《からだ》がぶるぶると震《ふる》えはじめる。

「変化が始まりましたね。前よりだいぶ時間が短くなっています」

カーティスが言っている最中にもうさぎの身体に変化が始まる。毛に覆《おお》われた輪郭《りんかく》がブレていき、ぐんぐんと大きくなっていく。

やがて、うさぎがいた場所には全裸の男が立っていた。銀色の髪《かみ》に、しなやかな身体を持つ美丈夫《びじょうふ》だ。

「さっさと服を着てください。私は男の裸体《らたい》を見る趣味《しゅみ》はありませんから」

机に服をポイポイと放り投げると、カーティスはくるりと後ろを向いた。男の着替えを見る趣味などないのである。

「悪い。けれど、あの持ち方はないだろう？」

ぶつぶつ言いながら着替えるのはルベイラ国王ジークハルト。

そう、うさぎのジーク、あるいは『うーちゃん』の正体はジークハルトが変化した姿だったのだ。

ルベイラ国王の一族は、呪いを受けると夜中に動物の姿に変化してしまう。そういう体質だった。

おそらく初代国王ルベイラが、亜人《あじん》の血を引いていたからだろう。夜の神の呪いの対象は人間であって、亜人は含《ふく》まれない。そのおかげでルベイラの子孫たちは呪いの影響《えいきょう》が普通《ふつう》の人間に比べると少なかった。

それが、耐性《たいせい》が高いと言われるゆえんだ。

夜の神の力がもっとも強くなる夜中に獣の姿に変化してしまうのは、呪いに対抗《たいこう》するためだと言われている。

そう言った意味では大変ありがたい姿なのだが、一国の王が呪いで獣の姿になると知られるわけにはいかないので、非常にやっかいなのだ。

「あれがうさぎの正しい持ち方だそうですよ。それより、王妃様のおかげで変化している時間が短くなったということは、夜中にいつ元の姿に戻ってもおかしくないということです。十分に気をつけてください」

「分かっている。ただ、昨日は色々あって眠れなかったから、つい、な」

服を身に着けたジークハルトは椅子《いす》に座《すわ》って、はぁと、ため息をつく。

ロイスリーネには「呪いのせいで夜の間は動けない」などと言ったが、それは嘘《うそ》だった。うさぎになってしまうのを隠すための方便《ほうべん》なのだ。

実際はうさぎになり、毎夜ロイスリーネの元へ通って同じベッドに寝ているのである。

彼女が心配で毎晩夜中に様子を見に行くうちに、ロイスリーネに見つかってしまったのがすべての始まりだった。

「ロイスリーネに知られたら、今度こそ愛想《あいそ》を尽《つ》かされるな……」

「うさぎ姿であるのをいいことに、毎晩一緒に寝ていますからね。知られたら当然嫌《きら》われるでしょうよ」

カーティスは冷たく鼻で笑った。

ジークハルトがロイスリーネに呪いでうさぎの姿になってしまうことを告げられなかったのは、まさしくカーティスが言っていた通りのことが理由だ。……いや、実はカーティスが考えているよりひどい。

何しろうさぎ《ジークハルト》はロイスリーネの柔《やわ》らかな胸に抱きしめられたり、スリスリしたり、キスしたりされたりしているのだから……！

ロイスリーネはもちろん、可愛《かわい》がっているうさぎがジークハルトのもう一つの姿であることを知らない。知っていたら、あんなふうに胸に抱きしめることはできないだろう。

「こうなれば一刻も早く、呪いを解かなければ……」

呪いが解ければジークハルトはうさぎの姿にならなくてすむ。ロイスリーネとも本当の夫婦になれるのだ。

「そうですね。王妃様の『還元《かんげん》』のギフトのおかげで順調に解呪《かいじゅ》が進んでいます。そう遠くないうちにうさぎにはならずにすむようになるでしょう。ですが、陛下」

急にカーティスは真顔になった。

「呪いのことも重要ですが、それよりも王妃様を守ることがもっとも重要です。どういうわけかクロイツ派は秘されていたはずの王妃様のギフト『還元』を知っていました。王妃様のもう一つのギフトのことも知られているかもしれません。一体どこまでどのようにして漏《も》れているのか……」

「そうだな。もしギフトのことが世界中に広まったら『解呪の魔女《まじょ》』殿の懸念《けねん》が本物になってしまうかもしれない」

ジークハルトは唇《くちびる》を噛《か》みしめる。

実はロイスリーネが持つギフトは一つではない。二つだ。

ギフトは通常一種類しか与《あた》えられないものなので、これはかなり特殊《とくしゅ》な例だった。おそらく前代未聞《ぜんだいみもん》だ。

けれど、二つあることが問題なのではない。二つ目のギフトの内容が問題なのだ。

――『神々の寵愛《ちょうあい》』。

それがロイスリーネの持つ二つ目のギフトだ。

神に愛された人間。神々――いや、世界から寵愛されるギフト。神の愛《いと》し子《ご》に与えられる特別なもの。

彼女が強く願ったことは、たちどころに叶ってしまう。そう、クロイツ派が突然ロウワン国に立ち入れなくなったように。

実際にジークハルトとカーティスは、ロイスリーネが願いを口にし、神々がその声に応じる場面に居合わせている。だから彼女の二つ目のギフトがどれほど尊《とうと》いものか、そしてどれほど危険なものかも知っている。

『あの子のギフトは、絶対に隠さなければなりません。知られたら最後、世界はきっとあの子を巡《めぐ》って戦争になるでしょう。そうなった時にあの子を守れる力がロウワンにはありません。それに私は、あの子にギフトなどに惑《まど》わされず、当たり前の幸せをつかんでほしいのです。そのためにも、あの子自身にもこのギフトのことは悟《さと》られるわけにはいきません。……たとえ、期待外れの姫《ひめ》だと言われてあの子が辛《つら》い思いをしようとも』

強い眼差《まなざ》しで『解呪の魔女』はジークハルトたちを見て言った。

『取引をしましょう、殿下《でんか》。あの子をルベイラに託《たく》します。きっとあの子ならあなたの呪いを解くことができるでしょう。その代わり、あの子を守ってください。ルベイラほどの強国ならあの子のギフトを死《し》に物狂《ものぐる》いで得る必要もないでしょうし、戦争になったとしても守り通す力があるでしょう。だから私はあなた方に託すことに決めたのです』

『解呪の魔女』の言葉が脳裏《のうり》によみがえる。

ジークハルトは立ち上がり、執務室の窓際《まどぎわ》に立った。日の出が近いのだろう。遠くの空がほんのり明るくなり始めていた。

窓に映る己《おのれ》の姿に、自嘲《じちょう》する。ルベイラならロイスリーネを守るのは簡単だとジークハルトは思っていた。過信していたのだ。

けれど思っていた以上に簡単ではないことは、結婚式《けっこんしき》の日にすでに思い知らされている。問題も目白押《めじろお》しだ。夜の神の呪い。ロイスリーネを狙《ねら》うクロイツ派。この先も何があるか分からない。

「それでも、俺《おれ》はロイスリーネを守り通す」

ジークハルトの宣誓《ことば》は、静かに虚空《こくう》に溶けていった。

終

あとがき

拙作《せっさく》を手にとっていただいてありがとうございます。富樫聖夜《とがしせいや》です。

新作はタイトルの通りに大国のお飾《かざ》り王妃《おうひ》になってしまった小国の王女が、王都の食堂でウェイトレスをしたり、自分の命が狙《ねら》われると知って、なんとかそれを阻止《そし》しようと奮闘《ふんとう》する話です。とても楽しんで書かせていただきました。

ちなみに副題のうさぎはヒロインの癒《いや》しのペット（?）です。どうしてもタイトル内にうさぎを入れたかったので、非常に長いタイトルになってしまいました。デザイナーさんに申し訳ない気持ちでいっぱいです。


さて、今回のヒロイン、ロイスリーネは大人しそうに見える外見をしていながら、意外にちゃっかりしていたり、分別があるように見えて、実は行動派という女性です。ネタバレになるのでここでは書きませんが、とある能力持ちのせいで、色々なことに巻《ま》き込《こ》まれながらも、無意識に周りを振《ふ》り回《まわ》しています。チートというより無敵系のヒロインですが、本人が能力をまったく自覚していないので、知らないうちに色々とやらかしているタイプです。いつか機会があればそのあたりを補完《ほかん》できたらと思います。

自分から色々動いてくれるので、とても書きやすいヒロインでした。

ヒーローのジークハルトはヒロイン視点の最初はクズっぽい感じがしますが、実は不憫《ふびん》なキャラです（最後まで読んでいただいた方はご存じだと思いますが）。これもネタバレになってしまうので言及《げんきゅう》しませんが、作中で一番忙《いそが》しく、一番活躍《かつやく》した人物でもあります。

それなのにヒロインと絡《から》みは少なく（むしろエイベルとカーティスとのやりとりが多い）、作中でジークハルト本人がロイスリーネとイチャついている場面はほぼなしです。ヒーローなのに申し訳ない……。でも途中《とちゅう》から終盤《しゅうばん》にかけてはヒーローの役目を果たしてくれました。

カインはジークハルトよりヒーローっぽいキャラです。ヒーローを差し置いてロイスリーネとの絡みが多くありました。当て馬っぽく見えて、結局当て馬にもなりませんでしたが、とても役得だったのではないかと思います。ジークハルトより感情表現が豊かで、彼《かれ》も書きやすいキャラでした。

ヒロインとヒーローを取り巻く脇役《わきやく》も個性的なキャラばかりです。ロイスリーネの侍女《じじょ》でしっかり者のエマ。ヒロインのよき理解者です。ロイスリーネを待つ間、気を落ち着かせるために本を読んでいたために、何かと影響《えいきょう》を受けている……というのが裏設定でした。

ジークハルトの従者《じゅうしゃ》で、ドMでドSなエイベル。特殊《とくしゅ》な性癖《せいへき》を持っていて、エマがお気に入りです(エマは嫌《いや》がっておりますが)。エマに蔑《さげす》んだような目で見られたいと思う一方、からかわずにいられない。そんな感じの男性です。

カーティス。ジークハルトにとっては兄代わりのような存在で、敬語キャラの敏腕宰相《びんわんさいしょう》です。物腰柔《ものごしやわ》らかな男性ですが、敵対するものには容赦《ようしゃ》ありません。彼も王族の血を引いていて王位継承権《けいしょうけん》も持っている……という裏設定があったりします。

最後に忘れてはならないのが、名脇役《めいわきやく》(?)のうさぎの「うーちゃん」です。うさぎだからうーちゃんです。ロイスリーネにネーミングセンスはありません。モフモフのうさぎで甘《あま》え上手《じょうず》で(とロイスリーネは思っている)、ヒロインは絶賛溺愛《できあい》中です。ジークハルトよりよっぽどロイスリーネと甘い関係だと言えるのではないでしょうか。一緒《いっしょ》に寝《ね》ていますしね!

こちらもネタバレになるのであまり詳《くわ》しくは言いませんが、うーちゃんの秘密を知った後では愛らしい動作も……(笑)。ぜひうーちゃんとロイスリーネの絡みを生ぬるい目で読み返していただけたらと思います。

ちなみに私はまち先生が描《えが》かれたうーちゃんがあまりに可愛《かわい》いので、もうずっとうさぎでいいじゃないかと思いました。

イラストのまち先生。可愛いロイスリーネとうーちゃん、格好《かっこう》いいジークハルトとカインを描いてくださって、本当にありがとうございました！　イメージした通りのキャラだったので、ラフをいただくたびに小躍《こおど》りしました。私の一番のお気に入りはうーちゃんです。

まち先生と担当様のおかげでうーちゃんとロイスリーネの絡みが当初より大幅《おおはば》に増えました。ヒーローであるジークハルトの立場は一体……。

最後に担当様。いつもありがとうございます。何とか書き上げることができたのも担当様のおかげです。ありがとうございました！

それではいつかまたお目にかかれることを願って。

富樫聖夜

■ご意見、ご感想をお寄せください。
《ファンレターの宛先》
〒102-8177 東京都千代田区富士見2-13-3
株式会社KADOKAWA ビーズログ文庫編集部
富樫聖夜 先生・まち 先生
●お問い合わせ
https://www.kadokawa.co.jp/ (「お問い合わせ」へお進みください)
※内容によっては、お答えできない場合があります。
※サポートは日本国内のみとさせていただきます。
※Japanese text only

ビーズログ文庫

お飾《かざ》り王妃《おうひ》になったので、こっそり働《はたら》きに出《で》ることにしました

～うさぎ《ペット》がいるので独《ひと》り寝《ね》も寂《さみ》しくありません！～

富樫聖夜《とがしせいや》

2020年4月15日 初版発行
2021年8月20日 5版発行

発行者 青柳昌行
発行 株式会社 KADOKAWA
〒102-8177 東京都千代田区富士見 2-13-3
(ナビダイヤル) 0570-002-301

デザイン Catany design
印刷所 凸版印刷株式会社
製本所 凸版印刷株式会社

ISBN978-4-04-736093-8 C0193

定価はカバーに表示してあります。

◇◇◇